RÉPERTOIRE GÉNÉRAL

THÉATRE FRANÇAIS

PARIS

RÉPERTOIRE GÉNÉRAL

DU

THÉATRE FRANÇAIS.

—

TOME 54.

DE L'IMPRIMERIE D'A. EGRON.

RÉPERTOIRE GÉNÉRAL

DU

THÉATRE FRANÇAIS,

COMPOSÉ

DES TRAGÉDIES, COMÉDIES ET DRAMES

DES AUTEURS DU PREMIER ET DU SECOND ORDRE,

Restés au Théâtre Français;

AVEC UNE TABLE GÉNÉRALE.

THÉATRE DU SECOND ORDRE.

COMÉDIES EN PROSE. — TOME III.

PARIS,

H. NICOLLE, A LA LIBRAIRIE STÉRÉOTYPE,

rue de Seine, n.º 12.

M DCCC XVIII.

LES VENDANGES

DE SURÊNE,

COMÉDIE,

PAR DANCOURT,

Représentée, pour la première fois, le 15 octobre
1695.

PERSONNAGES.

Monsieur Thomasseau.

Mariane, sa fille.

Thibaut, jardinier de M. Thomasseau.

Clitandre, amant de Mariane.

Madame Dismartins, tante de Clitandre et d'Angélique.

Angélique, sœur de Clitandre.

Madame Dubuisson, cousine de Thibaut.

Monsieur Vivien, Provincial.

Bastien, son cousin.

Lorange, ami de madame Dubuisson.

Vendangeurs et Vendangeuses.

La scene est a Surêne.

LES VENDANGES

DE SURÈNE.

COMÉDIE.

~~~~~~~~~~~~~~~~~~~~~~~~~~~~~~~

SCÈNE I.

M. THOMASSEAU, THIBAUT.

M. THOMASSEAU.

Oh çà, mon pauvre Thibaut, nie un peu l'œil à tout, mon enfant, et prends garde qu'il ne se fasse aucun dégât dans la maison.

THIBAUT.

Mais, palsangué, monsieur, comment l'entendez-vous donc? vous n'avez qu'un arpent de vigne à Surène pour tout potage; et je crois, Dieu me pardonne, que la moitié de Paris viendra chez vous en vendange. Sur ce pied-là, je n'avons que faire d'aller au pressoir, et j'aurons nos futailles de reste.

M. THOMASSEAU.

Paix, tais-toi; j'ai mes raisons pour faire tous ces préparatifs, et je suis à la veille de conclure une bonne affaire.

THIBAUT.

Oh! je ne dis plus rian. Je m'étonnois aussi que vous fissiais les honneurs de votre maison de si

bon courage; car vous êtes un tantinet ladre de
votre bon naturel; mais, baste, il n'est chère que
de vilain, comme on dit, et quand vous vous y
boutez une fois, tout va par écuelles.

M. THOMASSEAU.

Que dirois-tu si j'allois me remarier, Thibaut?

THIBAUT.

Vous remarier, monsieur! bon, queu conte!

M. THOMASSEAU.

Ce n'est point un conte, c'est une vérité.

THIBAUT.

Vous vous gaussez, monsieur, ça ne peut pas
être.

M. THOMASSEAU.

Cela est, te dis-je.

THIBAUT.

Morgué, tant pis; vous êtes donc bian incor-
rigible?

M. THOMASSEAU.

Comment, que veux-tu dire?

THIBAUT.

Vous avez déja eu deux femmes qui vous avont
fait enrager. La première étoit diablesse, parce
qu'alle avoit trop de vertu. Vous avez fait le diable
avec l'autre, parce qu'alle n'en avoit pas assez.
Queulle espèce de femme voulez-vous encore
prendre?

M. THOMASSEAU.

La plus jolie personne du monde; douce, honnête, spirituelle.

THIBAUT.

Hom! je crois bian que vous le voudriais; mais c'est un animal bian rare qu'une femme comme ça. Je ne dis pas qu'il n'y en ait quelqu'une; mais je ne crois pas qu'on vous la garde.

M. THOMASSEAU.

Tu changerois de sentiment si tu avois vu celle que j'aime.

THIBAUT.

Acoutez, faites-la moi voir avant que de la prendre, je vous en dirai ce qui en sera tout à la franquette. Voyez-vous, nous autres paysans des environs de Paris, je nous connoissons mieux en femmes que personne; j'en voyons tant de toutes les façons. C'est morgué une marchandise bian trompeuse.

M. THOMASSEAU.

Tu la verras, et dès aujourd'hui elle doit venir ici faire vendange.

THIBAUT.

J'entends bian; c'est pour elle que la fête se fait.

M. THOMASSEAU.

Justement.

THIBAUT.

Je boute d'abord le nez dessus, n'est-ce pas? Mais, s'il vous plaît, monsieur, en vous chargeant de l'embarras d'une femme, ne vous déchargerez-vous point de sti de votre fille : alle est en âge d'être mariée; et quand une poire est mûre, si on

ne la cueille, alle tombe d'elle-même, comme vous
savez.

M. THOMASSEAU.

Je songe aussi à marier ma fille, et le mari que
je lui destine devroit être ici; je l'attends de jour
en jour.

THIBAUT.

Et quelle acabie de mari lui baillez-vous, s'il
vous plait? S'il n'est pas à sa fantaisie, alle en
prendra quenque autre avec sti-là; et s'ils se trouvont deux maris pour un, hem, ça fera du grabuge?

M. THOMASSEAU.

Mariane est une fille bien élevée, qui fera toujours tout ce que je voudrai.

THIBAUT.

Alle est une fille bien élevée; mais alle est une
fille, et j'ai quenque opinion qu'alle a quenque
jeune drôle dans la fantaisie

M. THOMASSEAU.

Et qui t'a fait prendre cette opinion-là?

THIBAUT.

Oh! je suis un futé compère, voyez-vous. Il viant
roder ici, depuis que vous y êtes, un jeune gars de
Paris.

M. THOMASSEAU.

Et tu crois que c'est pour ma fille?

THIBAUT.

Eh! pargué oui; c'est d'elle ou de moi qu'il est
amoureux.

M. THOMASSEAU.

Comment, amoureux de toi ?

THIBAUT.

Dès qu'il me voit, il ne sait sur quel pied dan-
ser ; il me fait plus de meines, plus de contorsions,
plus de révérences qu'à elle-même.

M. THOMASSEAU.

Tu ne sais ce que tu dis ; tu perds l'esprit.

THIBAUT.

Je ne pards point l'esprit : acontez, comme je
sis dans la maison, il ne cherche peut-être qu'à
faire connoissance ; car pour avec mademoiselle
Mariane, la connoissance est déja faite.

M. THOMASSEAU.

Il a fait connoissance avec ma fille ?

THIBAUT.

Oh, palsanguenne, oui ! ils l'avont commencée
dès Paris, je gage, et ils la continuont ici par-dessus les murailles.

M. THOMASSEAU.

Par-dessus les murailles ?

THIBAUT.

Il est toutes les nuits, comme un hibou, dans la
petite ruelle au bout du jardin.

M. THOMASSEAU.

Eh bien ?

THIBAUT.

Et mademoiselle Mariane grimpe comme une
chatte tout le long du treillis de la palissade.

M. THOMASSEAU.

Eh bien?

THIBAUT.

Eh bian! alle s'accote sur le haut de la muraille,
et la chatte et le hibou jasont tous deux comme des
marles.

M. THOMASSEAU.

Est-il possible?

THIBAUT.

Il faut bian qu'il soit possible, car je les ai vus.

M. THOMASSEAU.

Et ne les as-tu point entendus?

THIBAUT.

Oh que sifait!

M. THOMASSEAU.

Et que disent-ils?

THIBAUT.

Tatigué, de jolies choses! Allez, allez, ils avont
la langue bian pendue; et si par aventure, le jeune
drôle viant à grimper aussi de son côté; enfin, que
sait-on, la poire est mûre, et les enfants de Paris
aimont bian le fruit, prenez-y garde.

M. THOMASSEAU.

Tu as raison, je ne puis trop me hâter de la marier. Pour rompre le cours de cette intrigue, je
m'en vais lui parler un peu, et savoir d'elle....

THIBAUT.

Bon, est-ce que vous croyez les filles assez sottes
pour conter à leurs pères leurs petites fredaines?
elles ne sont pargué pas si mal apprises. Laissez

moi tout doucement li tirer les vars du nez ; je la ferai bian donner dans le panniau, et je vous dirai tout, ne vous boutez pas en peine.

M. THOMASSEAU.

Fais donc, Thibaut, et me rends un compte bien exact. C'est aujourd'hui qu'on m'a promis d'amener ma maîtresse ; je vais, en me promenant, au-devant d'elle jusqu'au bois de Boulogne : toi, va faire un tour aux vignes, et vois si nos vendangeurs....

THIBAUT.

Allez, allez, allez, mônsieur, et laissez-moi faire. Je ne sais ce que ça veut dire, mais il m'est avis que j'ai plus d'esprit que monsieur Thomasseau. Oh ! pour ça oui, j'ai meilleur jugement. Je ne suis pourtant qu'un paysan ; mais il y a vingt ans que je le sers et que je me moque de li, et il ne m'en feroit morgué pas accroire seulement un quart d'heure.

SCÈNE II.

CLITANDRE, THIBAUT.

CLITANDRE.

VIVRAI-JE encore long-temps dans la contrainte où je suis depuis quelques jours ?

THIBAUT.

Voilà notre amoureux.

CLITANDRE.

Est-il possible que la liberté de la campagne et l'occasion des vendanges ne me fourniront point les moyens de m'introduire dans la maison de Mariane?

THIBAUT.

Il a la meine d'avoir bonne bourse, et notre connoissance pourroit avoir de bonnes suites.

CLITANDRE.

Si le jardinier encore étoit d'humeur un peu traitable; mais c'est un maroufle.

THIBAUT.

Il parle de moi.

CLITANDRE.

Le voilà lui-même.

THIBAUT.

Il m'aperçoit.

CLITANDRE.

L'aborderai-je?

THIBAUT.

Oh! s'il s'en tient aux révérences, il n'y a rien à faire; je n'entends pas les meines.

CLITANDRE.

Je suis votre serviteur, monsieur le jardinier.

THIBAUT.

Je vous baise les mains, monsieur de la petite ruelle.

CLITANDRE.

Je suis découvert, tout est perdu.

THIBAUT.

Comment vous en va? n'êtes-vous point enrhumé? le vent de bise a soufflé cette nuit, et ça ne vaut rian ni pour la vigne ni pour les amoureux.

CLITANDRE.

Si vous étiez de mes amis, la bise m'incommoderoit un peu moins, monsieur le jardinier.

THIBAUT.

J'entends votre affaire; je n'aurois qu'à vous ouvrir la porte et vous faire un bon feu dans mon taudis, vous y causeriais plus chaudement que dans la petite ruelle.

CLITANDRE.

Vous seriez un homme adorable, d'être un peu dans mes intérêts.

THIBAUT.

N'est-il pas vrai?

CLITANDRE.

Je vous devrois la vie.

THIBAUT.

Ouï dà; d'être comme ça les nuits dans cette petite ruelle, ça pourroit bian vous faire malade.

SCÈNE III.

CLITANDRE, MARIANE, THIBAUT.

MARIANE.

Je te cherchois, mon pauvre Thibaut, pour te faire une confidence d'où dépend absolument.....

THIBAUT.

Ah! vous velà, je parlious de vos affaires.

MARIANE.

Quoi! Clitandre, vous paroissez en plein jour ici? Si l'on vous voit dans le village....

CLITANDRE.

Ne craignez rien; la saison des vendanges y attire aujourd'hui tant de monde....

THIBAUT.

Allez, allez, on n'y connoitra pas à la meine ceux qui auront passé la nuit au clair de la lune.

MARIANE.

Ah, Thibaut!

THIBAUT.

Je savons de vos fredaines, comme vous voyez.

MARIANE.

Je ne me plaignois que de votre peu de ménagement, je ne savois pas que votre indiscrétion....

CLITANDRE.

Je n'ai point parlé, belle Mariane....

THIBAUT.

Oh! parguenne, il ne m'a rian dit, mais j'ai vu; et quand il seroit un tantinet jaseux, velà une belle affaire.

CLITANDRE.

Aurois-je tort de vouloir le disposer à nous rendre service, et de chercher des moyens de vous voir plus souvent?

THIBAUT.

Et plus à son aise. Il n'est morgué pas sot; il
aime ses commodités, voyez-vous, et il n'a pas
tort; il vaut bian mieux faire l'amour de plain pied
dans la maison, que de baut en bas par-dessus la
palissade.

CLITANDRE.

Thibaut parle en homme de bon sens.

MARIANE.

Oui; mais n'avions-nous pas résolu que vous
iriez passer les jours à Paris?

CLITANDRE.

C'est l'amour qui me retient ici.

MARIANE.

Que vous reviendriez toutes les nuits, et que
vous engageriez, à force d'argent, le maitre du bac
à être discret?

CLITANDRE.

Je n'ai rien épargné pour cela, je vous assure.

THIBAUT.

Oh! il ne sonnera mot, il est bon homme; mais
pour ce qui est de moi, je sis diablement babillard,
je vous en avartis.

MARIANE.

N'étions-nous pas demeurés d'accord que je par-
lerois à Thibaut de la passion que nous avons l'un
pour l'autre?

CLITANDRE.

Je craignois votre timidité, je vous l'avoue; je
songeois à vous prévenir.

MARIANE.

N'étions-nous pas convenus aussi qu'il vous lais-
seroit entrer dans le logis?

CLITANDRE.

Oui.

MARIANE.

Qu'il nous recevroit dans sa chambre?

CLITANDRE.

Vous avez raison.

MARIANE

Et qu'il ne parleroit de rien à mon père?

CLITANDRE.

Il est vrai, nous sommes convenus de tout cela.

THIBAUT.

Oui : mais, morgué, de quoi est-ce que je suis
convenu, moi?

MARIANE.

De rien encore; mais il faut bien que tu con-
viennes des mêmes choses que nous.

THIBAUT.

Non, palsangué, je n'en ferai rien.

CLITANDRE.

Ce sont des mesures que nous avons prises.

THIBAUT.

J'entends bian : mais je sis plus malaisé à gou-
verner que le maitre du bac, je vous en avartis.

MARIANE.

Tiens, voilà une montre d'or que je te donne.

THIBAUT.

Oh! non . tatigué, je ne veux rian de vous.

MARIANE.

Comment donc?

THIBAUT.

Quand il y a queuques frais à faire en amonr, il faut que ce soit le monsieur qui paie, à moins que la madame ne soit vieille. Dans les villages d'autour de Paris, je savons les règles.

CLITANDRE.

Je vous dis que Thibaut est un homme d'esprit. Tiens, voilà une bourse; il y a dedans vingt pistoles, tu n'as qu'à l'ouvrir et y prendre tout ce que tu voudras.

THIBAUT.

Oh, monsieur!

CLITANDRE.

Comment?

THIBAUT.

Il n'y a point de nécessité de l'ouvrir, je la veux toute.

CLITANDRE.

Tu n'as qu'à la garder, je te la donne.

MARIANE.

Il est homme d'esprit, vous avez raison.

THIBAUT.

Nous velà donc d'accord à présent, je serons trois têtes dans le même bonnet; acontez, vous n'avez pas mal fait d'y fourrer la mienne.

MARIANE.

Nous pouvons compter sur ton zèle et sur ta discrétion?

THIBAUT.

Oh! pour cela oui, la peste m'étouffe, je ne dis
jamais rien : velà votre père qui va se remarier,
par exemple ; il viant de me le dire, est-ce que je
vous en ai parlé?

MARIANE.

Mon père va se remarier!

THIBAUT.

Que cela ne vous chagrine point, il vous ma-
riera itou. Il attend ici aujourd'hui son gendre et
sa maîtresse.

CLITANDRE.

Que nous dis-tu là?

THIBAUT.

Pargué, ce qu'il m'a dit.

MARIANE.

Je vous en avois averti, Clitandre, vous ne
m'avez pas voulu croire.

CLITANDRE.

Quelle apparence que votre père vous fît épouser un homme que vous n'avez jamais vu, qu'il ne
connoit pas lui-même?

MARIANE.

C'est le fils d'un de ses anciens amis le bailli de
Gisors ; il y a près d'un an qu'il me menace de ce
mariage, et voilà ses menaces à la veille d'être accomplies.

CLITANDRE.

Il faut en empêcher l'effet.

MARIANE.

Comment s'y prendre, Thibaut?

THIBAUT.

Il faudroit, pour bian faire, que vous épousissiez sti-ci, et que vous n'épousissiez point sti-là.

MARIANE.

Oui, justement.

THIBAUT.

Acoutez, ça est difficile, mais pourtant ça n'est pas impossible.

CLITANDRE.

Ne pourrois-tu point nous aider à trouver quelque moyen?....

THIBAUT.

Oh! pour ça, non; je n'y entends goutte. Mais, attendez..... Eh! oui..... justement, velà votre affaire.

MARIANE.

Quoi?

THIBAUT.

Oh, palsangué! vous êtes plus heureux que sages; j'ai une couseine dans le village, qui sera bien notre fait.

CLITANDRE.

Comment?

THIBAUT.

C'est une grosse madame, au moins, et ce sont les mariages qui avont fait sa fortune. Alle en a tant fait, et ça sans curé ni tabellion : alle n'y charche pas tant de façons; aussi alle a la presse.

2.

MARIANE.

Il extravague, avec sa cousine.

THIBAUT.

Non, morgué, je n'extravase point : rentrez dans la maison seulement, j'allons ensemble charcher la cou-eine et mettre les fers au feu; ne vous boutez pas en peine.

MARIANE.

N'épargnez rien, Clitandre, pour détourner le malheur qui nous menace, et songez que mon bonheur dépend entièrement du vôtre.

SCÈNE IV.

THIBAUT, CLITANDRE.

THIBAUT.

TATIGUÉ, velà un friand morceau.

CLITANDRE.

Ne perdons point de temps, allons prendre avis de ta cousine.

THIBAUT.

Allons, venez. Eh! pargué, la velà; c'est queuque bon vent qui nous la souffle envars ici; j'aurons bonne issue.

SCÈNE V.

MADAME DUBUISSON, CLITANDRE, THIBAUT.

CLITANDRE.

COMMENT! et c'est madame Dubuisson, je pense?

THIBAUT.

Oui, justement; c'est son nom de Paris que sti-là, et la grosse Cato, c'est son nom de village.

MADAME DUBUISSON.

Je ne me trompe point, c'est Clitandre.

CLITANDRE.

Ma chère Dubuisson, que je t'embrasse!

THIBAUT.

Cette couseine-là connoit tout le monde.

MADAME DUBUISSON.

Bonjour, cousin.

THIBAUT.

Votre valet, couseine.

CLITANDRE.

Que je suis heureux de te rencontrer dans ce pays-ci, ma chère enfant!

MADAME DUBUISSON.

Peut-on vous y rendre quelque service?

THIBAUT.

J'allions vous charcher pour ça, je vous l'amenois, et je ne savois pas que vous fussiais si bons amis.

MADAME DUBUISSON.

Eh, vraiment! c'est le neveu de madame Desmartins.,

THIBAUT.

De cette belle madame qui a été tout ce printemps cheux vous?

CLITANDRE.

Ma tante a passé le printemps chez toi?

MADAME DUBUISSON.

Elle y a été quinze jours ou trois semaines à
prendre du lait, monsieur.

THIBAUT.

Bon, palsangué, du lait, vous vous gaussez de
nous; alle y prenoit bian de bon vin de Champagne, que de bian gros monsieux apportiont de
Versailles : à la vérité, drès que son mari la venoit
voir, alle étoit toujours malade; quand il n'y étoit
plus, tatigué, qu'alle se portoit bian! Oh! je ne
m'étonne plus que vous soyais si fort amoureux,
vous êtes de bonne race.

MADAME DUBUISSON.

C'est un extravagant; ne prenez pas garde à ce
qu'il dit.

CLITANDRE.

Ce sont les affaires de mon oncle, madame Dubuisson, ce ne sont pas les miennes.

THIBAUT.

C'est bian dit, je ne sommes pas ici pour ça, j'y
sommes pour notre compte.

MADAME DUBUISSON.

Ce ne sont pas les vendanges qui vous attirent à Surène; c'est l'amour qui vous y amène apparemment.

CLITANDRE.

Oui, ma chère madame Dubuisson, vous voyez le plus amoureux de tous les hommes.

MADAME DUBUISSON.

N'est-ce point mademoiselle Thomasseau à qui vous en voulez?

THIBAUT.

Ça n'est pas malaisé à deviner, puisque je sommes ensemble.

CLITANDRE.

C'est elle-même que j'adore.

MADAME DUBUISSON.

Vous n'êtes pas seul ici pour elle; il y a chez moi un de vos rivaux, je vous en avertis.

CLITANDRE.

Un de mes rivaux?

MADAME DUBUISSON.

Et qui vient pour l'épouser même; il en a parole de son père.

CLITANDRE.

C'est l'homme en question, ce gendre qu'il attend.

THIBAUT.

Ça se pourroit bien; il faut que ce soit li-même.

CLITANDRE.

Ah, ma chère Dubuisson! je suis perdu, si nous ne trouvons moyen de rompre ce mariage.

MADAME DUBUISSON.

Que faire pour cela? je le voudrois de tout mon cœur. J'ai toujours été de vos amies, et je ne connois point ce nigaud-là; c'est un provincial que la maitresse des coches m'a adressé, parce qu'il n'a point voulu d'abord aller chez son beau-père; il ne l'a jamais vu, non plus que sa maitresse.

THIBAUT.

Je savons tout ça.

CLITANDRE.

Ne pourrions-nous point berner ce faquin-là?

MADAME DUBUISSON.

C'est une figure assez bernable.

CLITANDRE.

Le rebuter de son mariage, dégoûter de lui monsieur Thomasseau, et le renvoyer à Gisors avec les étrivières?

THIBAUT.

Morgué, que ça été bian pensé!

MADAME DUBUISSON.

L'exécution est difficile. Votre Lolive n'est-il point ici?

CLITANDRE.

Non, je suis seul, et je n'ai personne.

MADAME DUBUISSON.

Mort de ma vie! nous aurions bon besoin de lui,
c'est un joli homme, et notre provincial entre ses
mains auroit été bien régalé.

THIBAUT.

Bon, morgué! faut-il tant de façons? vous dites
que c'est un nigaud, n'est-ce pas? Il y a aux Trois-
Rois une vingtaine d'égrillards qui ne demandent
qu'à se divertir : ils avont des musiciens, des ménétriers; ce sont de bons enfants qui avont la
meine d'aimer à rire : lâchons-les après ce benêt-
là, ils le feront désarter, sur ma parole.

MADAME DUBUISSON.

Cela n'est pas mal imaginé; mais cela ne suffit
pas.

THIBAUT.

Je m'en vais toujours leux en parler, tout coup
vaille; si cela vous duit, je les mettrons en besogne. Et venez-vous-y-en, monsieur, vous en con-
noitrez quelqu'un peut-être.

CLITANDRE.

Je vais te suivre, tu n'as qu'à m'attendre.

SCÈNE VI.

MADAME DUBUISSON, CLITANDRE.

CLITANDRE.

Or çà, ma chère Dubuisson, je n'ai rien de
caché pour toi. Je ne roule dans le monde depuis
quelque-temps que par un excès de savoir faire:

les affaires de ma famille sont terriblement déran-
gées, ce mariage-ci peut les rétablir. J'aime
Mariane, elle est riche, l'affaire est sérieuse, il ne
faut pas la manquer, tu seras contente.

MADAME DUBUISSON.

Que pouvons-nous mettre en usage pour cela?

CLITANDRE.

Commençons par écarter le provincial, et ga-
gnons du temps.

MADAME DUBUISSON.

Si nous avions quelque habile fourbe qui pût
nous aider encore, je répondrois bien.... Oh! par
ma foi, vous êtes né coiffé, en voici un que le
hasard nous adresse le plus à propos du monde.

SCÈNE VII.

CLITANDRE, MADAME DUBUISSON, LORANGE.

CLITANDRE.

Eh! comment? c'est monsieur de Lorange, le
plus habile empoisonneur qu'il y ait à Paris.

LORANGE.

Eh! serviteur, monsieur Clitandre : eh! comment vous en va?

MADAME DUBUISSON.

Vous connoissez mon compère Lorange?

CLITANDRE.

C'est un de mes intimes. Eh! que diantre viens-
tu faire ici?

LORANGE.

Voulez-vous que je vous parle franchement? je ne le dirois pas à d'autres, mais à ma commère et à vous....

MADAME DUBUISSON.

Il amène quelque petite grisette en vendange à Surène, je gage.

LORANGE.

Non, par ma foi, je viens faire emplette de bon vin de Champagne.

CLITANDRE.

Emplette de bon vin de Champagne à Surène?

LORANGE.

Oui parbleu, nous sommes plus de trente à Paris, qui tirons nos vins de Champagne de ce pays-ci, et nous allons chercher les vins de Bourgogne par delà Étampes.

MADAME DUBUISSON.

Mon compère Lorange est de bonne foi, comme vous voyez.

CLITANDRE.

Tu es un effronté maroufle.

LORANGE.

Oh! ne vous fâchez point, vous ne buvez point de ces bons vins-là, vous autres; on n'en donne qu'à ceux qui les payent le mieux, et qui s'y connoissent le moins : à de petits maîtres de Paris, par exemple, à des filles de qualité de leur connoissance, à des enfants de famille qui prennent à crédit, à des abbés qui font porter des soupers en ville : il faut bien que tout passe.

CLITANDRE.

Tu en as bien fait passer l'année dernière à ce petit homme-là....

LORANGE.

Qui ?

CLITANDRE.

Ce petit homme à grande perruque, cet apprentif magistrat qui faisoit son cours de droit chez toi, et qui donne à présent des audiences dans l'amphithéâtre de l'Opéra.

LORANGE.

Je ne sais qui vous voulez dire.

MADAME DUBUISSON.

Il y en a tant comme cela dans le monde, que monsieur de Lorange ne peut pas se souvenir qui c'est.

CLITANDRE.

Et comment gouvernes-tu ce grand inutile, qui a l'air si déterminé, qui attend que la paix soit faite pour se mettre dans les mousquetaires ?

LORANGE.

Il me doit de l'argent, mais il se déniaise. La peste ! il soupe quelquefois chez la veuve d'un partisan qui a arrêté ses parties.

MADAME DUBUISSON.

Cela est heureux, des parties arrêtées !

LORANGE.

Quand il vous plaira, vous qui avez tant d'aventures, vous vous acquitterez de la même manière de huit cents francs que vous me redevez.

CLITANDRE.

Moi? Je ne t'en paierai que la moitié; tu m'as fait boire du vin de Surène.

MADAME DUBUISSON.

Nous avons affaire de lui, ne lui rabattez rien.

LORANGE.

Je me donne au diable; ce seroit conscience.

MADAME DUBUISSON.

Qu'il nous aide à faire réussir votre affaire seulement, vous serez bientôt quitte, sur ma parole.

LORANGE.

Parbleu, de tout mon cœur; de quoi s'agit-il?

MADAME DUBUISSON.

Il s'agit de tromper un père et de berner un sot.

CLITANDRE.

De me faire épouser une fille riche et jolie, et d'être payé de ce que je te dois.

LORANGE.

Il n'y a rien que je ne fasse, vous n'avez qu'à dire.

MADAME DUBUISSON.

Voici votre rival, allez rejoindre Thibaut; vous avez tous trois de l'esprit, vous concerterez en-

semble ce qu'il faudra faire; et pour moi, je vous
livre votre homme dans quelque panneau que
vous puissiez lui tendre.

SCÈNE VIII.

MADAME DUBUISSON, VIVIEN, BASTIEN.

VIVIEN.

Allons, Bastien, ne me quittez pas et marchez
bien derrière moi : vous êtes mon laquais, au
moins.

BASTIEN.

Aga, votre laquais, monsieur Vivien! je sis votre
cousin, ne vous en déplaise, et quoique je sois
rouge vêtu.

VIVIEN.

Oui, vous êtes mon cousin à Gisors; mais à Paris
et chez le beau-père, vous serez mon laquais, entendez-vous?

BASTIEN.

Oui, mon cousin.

VIVIEN.

Oui, mon cousin : il faut dire, oui, monsieur;
ce benêt-là!

BASTIEN.

Eh bien! oui, monsieur, je le dirai, mon cousin
Vivien.

VIVIEN.

Voilà un petit fripon qui me feroit quelque affront, il vaut mieux que j'aille sans laquais chez le

beau-père. Rentrez; ne sortez point que je ne sois revenu.

BASTIEN.

Non, non; je m'en vais tant seulement panser nos cavales, et je les mènerai boire, mon cousin Vivien.

SCÈNE IX.

MADAME DUBUISSON, VIVIEN.

MADAME DUBUISSON.

Vraiment, monsieur, vous avez là un petit domestique bien affectionné et qui a bien soin de vos montures.

VIVIEN.

Ah! bonjour, madame; c'est un petit gueux du pays que j'ai amené à Paris par charité, pour le déniaiser seulement.

MADAME DUBUISSON.

Cela est bien louable d'avoir ainsi de la charité pour vos parents.

VIVIEN.

Oh! il n'est mon parent que de fort loin. C'est le petit-fils de la fille d'un bâtard, qui étoit le fils d'une bâtarde de notre famille.

MADAME DUBUISSON.

Voilà une belle généalogie!

3.

VIVIEN.

Vous voyez bien qu'il n'est mon cousin que du
côté gauche. Nous peuplons beaucoup du côté
gauche, nous autres.

MADAME DUBUISSON.

Je vous en félicite.

VIVIEN.

C'est pour m'empêcher de peupler comme ça
que mon père m'envoie à Paris, et qu'il me marie
de si bonne heure; car je n'ai encore que trente-
huit ans, afin que vous le sachiez.

MADAME DUBUISSON.

C'est le bel âge pour se mettre en ménage.

VIVIEN.

Comme il n'y a plus que moi de mâle légitime
dans la maison de la Chaponnardière, on veut se
dépêcher d'avoir de la race.

MADAME DUBUISSON.

On a bien raison de ne pas laisser périr une si
belle famille.

VIVIEN.

C'est une des bonnes de la province, voyez-
vous; nous avons eu tout de suite quatre baillis de
Gisors, et autant de médecins, tous de pères en
fils : cela est beau, madame.

MADAME DUBUISSON.

Comment, beau! je ne sache rien de plus noble.
Monsieur Thomasseau sera bien heureux d'avoir
pour gendre monsieur Vivien de la Chaponnardière.

VIVIEN.

Sa fille est-elle jolie, madame? j'aime les jolies
filles.

MADAME DUBUISSON.

Vous en jugerez par vous-même.

VIVIEN.

Elle est sage, au moins? car à Paris on dit que
les filles sont diablement égrillardes.

MADAME DUBUISSON.

Mais à Paris, comme dans votre famille, on
peuple quelquefois du côté gauche.

SCÈNE X.

MADAME DUBUISSON, VIVIEN, LORANGE
en naine.

LORANGE.

Bon jour, madame Dubuisson.

VIVIEN.

Voilà une figure assez drôle.

MADAME DUBUISSON.

C'est Lorange, je pense.

LORANGE.

On m'a dit que mon petit mari de Gisors étoit
chez vous, madame Dubuisson. Pourquoi ne me
vient-il donc pas voir, cet animal-là? voilà un
plaisant sot! Oh! que je m'en vais lui apprendre à
vivre.

MADAME DUBUISSON.

Allons, monsieur, voilà votre maîtresse, saluez-la donc.

VIVIEN.

Comment, Madame!

MADAME DUBUISSON.

C'est mademoiselle Thomasseau que vous venez épouser.

VIVIEN.

Quoi! ce l'est là?

MADAME DUBUISSON.

Elle-même, abordez-la donc.

VIVIEN.

Vous vous moquez de moi.

LORANGE.

Qui est cet original-là, madame Dubuisson?

MADAME DUBUISSON.

C'est votre petit mari de Gisors, monsieur Vivien de la Chaponnardière, que je vous présente.

LORANGE.

Ah! le plaisant visage! il faut donc que j'épouse ce gobin-là? quel animal! quel brutal! a-t-il une langue? sait-il parler, ce pauvre benêt?

VIVIEN.

Elle est folle, madame : comme elle me traite!

MADAME DUBUISSON.

Les filles de Paris sont vives, comme vous voyez; et c'est bien autre chose quand elles sont femmes.

LORANGE.

Eh bien! me fera-t-il honnêteté? me fera-t-il compliment? c'est une bûche, je pense: je ne veux point d'un mari comme celui-là, il ne remue non plus qu'une souche.

MADAME DUBUISSON.

Elle a raison, démenez-vous donc un peu, parlez-lui.

VIVIEN.

Que voulez-vous que je lui dise? à deux de jeu; si elle ne veut point de moi, je ne veux point d'elle. Adieu, mademoiselle Thomasseau. Holà, eh! Bastien, bride nos bêtes.

LORANGE.

Non, monsieur de Gisors, non, vous ne partirez pas comme cela, il faut que vous voyiez mon papa Thomasseau auparavant: votre mine le réjouira, car elle est fort drôle.

VIVIEN.

Parbleu, la vôtre est plus ridicule que la mienne; je n'ai ni suros, ni malandre.

LORANGE.

Vous êtes un peu tortu bossu: mais on vous redressera, ce n'est pas une affaire.

VIVIEN.

Redressez-vous vous-même le corps et l'esprit avant que de parler des autres.

LORANGE.

Que je me redresse, moi? moi, que je me redresse? que veut-il dire, cet impertinent-là, ma-

dame Dubuisson? je lui pourrois bien donner de
mon bâton sur les oreilles.

MADAME DUBUISSON.

Eh! mademoiselle, ne vous emportez pas, c'est
un provincial qui ne sait ce qu'il dit.

LORANGE.

Patience, patience, qu'il m'épouse, je le frotte-
rai bien quand je serai sa femme.

VIVIEN.

Oh! par ma foi je lui permets de m'assommer si
cela arrive.

SCÈNE XI.

MADAME DUBUISSON, VIVIEN, LORANGE, THIBAUT *boiteux, avec un manteau noir, et un emplâtre sur l'œil.*

LORANGE.

Ah! vous voilà, papa Thomasseau, venez-vous-
en un peu morigener votre gendre; il perd le respect, je vous en avertis.

THIBAUT.

On viant de me dire qu'il est arrivé, et il m'est
avis qu'il devroit être cheux nous.

LORANGE.

C'est un petit impoli qui ne sait pas vivre, ses
grossièretés me font quitter la place. Votre servante, madame Dubuisson; jusqu'au revoir,
monsieur de la Chaponnardière.

THIBAUT.

Alle est un peu mièvre, parce qu'alle est jeune :
mais en grandissant ça changera. Votre valet,
notre gendre.

VIVIEN.

Monsieur, je suis votre serviteur. Quoi ! madame, c'est là monsieur Thomasseau ? ce l'est là ?

MADAME DUBUISSON.

Oui, lui-même, votre beau-père.

VIVIEN.

Par ma foi, voilà une vilaine famille.

THIBAUT.

Eh bian ! qu'est-ce ? à qui en avez-vous donc ?
comment se porte le bonhomme de père ? est-il
toujours aussi libartin, aussi ivrogne que de coutume ?

VIVIEN.

Mon père ivrogne !

THIBAUT.

Vous li ressemblez comme deux gouttes d'iau,
et n'an dit que vous ne valez pas mieux que li :
mais ma fille est une diablesse qui vous rangera,
ne vous boutez pas en peine.

VIVIEN.

Je n'y comprends rien, c'est une espèce de
paysan que le beau-père.

MADAME DUBUISSON.

Oh dame ! la maison de Thomasseau n'est pas si
noble que la vôtre, il y a bien à dire.

VIVIEN.

Ouais!

THIBAUT.

Le gendre n'est morgué pas content d'avoir fait le voyage.

VIVIEN.

Ce n'est point avec ces gens-là que mon père a conclu mon mariage, assurément. Il y a quelqu'autre Thomasseau, madame?

MADAME DUBUISSON.

S'il y en a, c'est donc comme chez vous, du côté gauche; mais les Thomasseau en ligne directe sont de Surène, je n'en connois point d'autres.

SCÈNE XII.

MADAME DUBUISSON, CLITANDRE *en bretteur*, THIBAUT, VIVIEN, LORANGE *encore en naine.*

LORANGE.

Voila mon cousin l'officier que j'amène voir mon prétendu.

CLITANDRE.

Comment, têtebleu! voilà un garçon bien fait et de bonne mine : par la corbleu, il a bon dos pour porter le mousquet dans notre compagnie! jarnibleu, que vous avez bien choisi, mon oncle! Serviteur, cousin.

VIVIEN.

Cousin!... Je vous baise les mains, monsieur. Est-ce encore là un Thomasseau, madame?

MADAME DUBUISSÒN.

Comment! c'est le chevalier Thomasseau, ce fameux, ce brave, officier aux gardes de son métier, anspessade de la colonelle, qui tue régulièrement deux hommes toutes les semaines.

VIVIEN.

Deux hommes toutes les semaines!

MADAME DUBUISSON.

Oui, tout au moins; cela va bien là l'un portant l'autre.

VIVIEN.

Miséricorde! où mon père m'a-t-il envoyé? la vilaine famille!

CLITANDRE.

Parbleu, mon oncle, il faut que j'enivre le cousin pour faire connoissance.

THIBAUT.

Oui dà: il faut bian commencer par queuque chose.

CLITANDRE.

Allons, ventrebleu, cousin! allons boire ensemble.

VIVIEN.

Monsieur, je vous remercie; mais...

CLITANDRE.

Oh, par la sambleu! vous viendrez, car j'y ai regardé.

VIVIEN.

Je ne bois jamais, monsieur.

CLITANDRE.

Mais vous fumez quelquefois, du moins?

VIVIEN.

Oh! point du tout, je vous assure.

CLITANDRE.

Maugrébleu! voilà un sot animal de cousin, il ne sait rien faire.

LORANGE.

C'est un nigaud qui est frais émoulu de la province; mais vous me le dégourdirez, cousin.

CLITANDRE.

Ah! ah! palsambleu, je vous en réponds. Vous ne prétendez pas faire si tôt la noce, mon oncle?

THIBAUT.

Non, palsangué! rian ne presse.

CLITANDRE.

Il faut auparavant qu'il fasse trois ou quatre campagnes dans notre régiment : ne vous mettez pas en peine, je le ferai assommer, ou j'en ferai quelque chose.

VIVIEN.

Trois ou quatre campagnes, moi! ma chère madame.

MADAME DUBUISSON.

Voilà comme le chevalier Thomasseau fait des recrues.

CLITANDRE.

Allons, hé, marche à moi, cousin.

VIVIEN.

Au secours! à moi, Bastien! miséricorde!

CLITANDRE.

Comment, palsambleu! vous faites rébellion?

VIVIEN.

Ma chère madame, revanchez-moi.

MADAME DUBUISSON.

Faites ce qu'il vous dit, ne le mettez point en colère; il n'a encore tué personne, et voilà bientôt la fin de la semaine.

VIVIEN.

Ah! le maudit pays! le maudit pays!

LORANGE.

Donnez-moi la main, mon petit mari; ne vous faites point tirer l'oreille.

MADAME DUBUISSON, à *Clitandre*.

Voilà monsieur Thomasseau, tout est perdu.

CLITANDRE.

Ma tante et ma sœur sont avec lui. Qu'est-ce que cela signifie?

MADAME DUBUISSON.

Je vous en rendrai compte; allez-vous-en, qu'elles ne vous voient point dans cet équipage.

SCÈNE XIII.

MADAME DUBUISSON, MADAME DESMAR-TINS, ANGÉLIQUE, M. THOMASSEAU.

MADAME DESMARTINS.

Eh! te voilà, madame Dubuisson? j'ai fait mettre mon carrosse chez toi.

MADAME DUBUISSON.

Apparemment, madame, monsieur Thomasseau m'ôte l'avantage de vous y donner un appartement.

MADAME DESMARTINS.

Je me partage, madame Dubuisson; j'ai passé tout le printemps chez toi, je viens passer, chez monsieur Thomasseau, les vendanges avec ma nièce, et en équipage de vendangeuse, comme tu vois.

M. THOMASSEAU.

C'est bien de l'honneur que vous me faites, madame, et vous serez toujours la maitresse de tout ce qui dépendra de moi.

MADAME DESMARTINS.

Il faut avouer que monsieur Thomasseau est la politesse et la galanterie même.

M. THOMASSEAU.

Ah, madame!

MADAME DUBUISSON.

Il a assez vécu pour savoir vivre. Mais, madame, cette jeune personne est donc votre nièce?

MADAME DESMARTINS.

Oui, ma chère. Allons, ma nièce, saluez madame Dubuisson; c'est une bonne personne que vous ne serez pas fâchée de connoitre dans la suite.

ANGÉLIQUE.

Il suffit qu'elle soit de vos amies, pour me donner bonne opinion de son mérite.

M. THOMASSEAU.

N'est-ce pas là une aimable enfant, madame Dubuisson?

MADAME DUBUISSON.

On ne peut l'être davantage.

M. THOMASSEAU.

N'est-il pas vrai? Oh çà, mesdames, voilà la maison de votre petit serviteur, nous y serons plus commodément qu'ici.

ANGÉLIQUE.

Je meurs d'impatience d'embrasser mademoiselle votre fille.

M. THOMASSEAU.

Elle sera ravie d'avoir l'honneur de vous faire la révérence.

MADAME DESMARTINS.

Nous nous verrons, madame Dubuisson.

MADAME DUBUISSON.

Votre servante, madame.

M. THOMASSEAU.

Attendez-moi ici, ma voisine, j'ai quelque chose à vous dire.

SCÈNE XIV.

MADAME DUBUISSON, *seule.*

Le pauvre monsieur Thomasseau est en assez bonne main : madame Desmartins et sa petite nièce le mèneront loin, s'il veut les suivre. Elles ne s'attendent pas à trouver Clitandre en ce pays-ci; mais

4.

il est bon prince. Son rival et son amour l'occupent trop pour lui laisser le temps de songer à troubler la fête. Mais voici déja le bonhomme ; quelle confidence me veut-il faire ?

SCÈNE XV.

M. THOMASSEAU, MADAME DUBUISSON.

M. THOMASSEAU.

On çà, ma chère voisine, tu connois les dames qui sont chez moi ?

MADAME DUBUISSON.

Oui, monsieur : madame Desmartins, c'est la plus vertueuse personne du monde, sage, honnête, douce, complaisante, l'esprit bien fait, l'humeur enjouée, les manières engageantes. Je ne sais pas où vous avez pêché cette connoissance-là ; mais vous avez fait là une bonne trouvaille.

M. THOMASSEAU.

Je choisis bien mes gens, dis ? n'est-il pas vrai ? et sa petite nièce, qu'en dis-tu ?

MADAME DUBUISSON.

Je ne la connoissois pas ; mais j'en ai ouï parler mille fois à sa tante. C'est un petit module de perfection, c'est la sagesse en miniature, une fille élevée comme une princesse, un cœur de reine ; elle possède elle seule assez de talents pour rendre une douzaine de filles des plus accomplies.

M. THOMASSEAU.

Tu me ravis, madame Dubuisson, de m'en parler de cette manière.

MADAME DUBUISSON.

Comment donc, monsieur? quel intérêt prenez-vous....

M. THOMASSEAU.

Je te prie de la noce, madame Dubuisson.

MADAME DUBUISSON.

Quoi! vous épousez la petite nièce?

M. THOMASSEAU.

Oui, mon enfant : ne suis-je pas bien heureux?

MADAME DUBUISSON.

Ah! que ce parti-là vous convient bien, monsieur, et que vous allez passer agréablement le reste de vos jours!

M. THOMASSEAU.

Je t'en réponds. Je me défais de ma fille, et je l'envoie dans le fond de la province.

MADAME DUBUISSON.

Quelle conduite!

SCÈNE XVI.

MADAME DUBUISSON, M. THOMASSEAU, VIVIEN.

VIVIEN, *derrière le théâtre.*

A l'aide! au secours! à la force!

M. THOMASSEAU.

Quel bruit confus est-ce là.

MADAME DUBUISSON.

Ah! monsieur de la Chaponnardière est échappé;
nous allons voir de belles affaires!

VIVIEN.

Eh! par charité, monsieur, madame, ayez pitié
de moi!

M. THOMASSEAU.

Qu'est-ce qu'il y a, monsieur? à qui en avez-
vous?

VIVIEN.

Eh! je n'en puis plus.

MADAME DUBUISSON.

Voilà le gendre et le beau-père aux prises; allons avertir Clitandre des sentiments où monsieur
Thomasseau est pour sa famille.

SCÈNE XVII.

M. THOMASSEAU, VIVIEN.

M. THOMASSEAU.

Que vous a-t-on fait? qui êtes-vous, monsieur?

VIVIEN.

Je suis un honnête homme de Normandie; monsieur.

M. THOMASSEAU.

De Normandie?

VIVIEN.

Oui, monsieur, et pour mes péchés, je suis venu
ici dans le dessein d'épouser la fille d'un monsieur

Thomasseau, qui est le plus grand coquin, le plus grand maraud.....

M. THOMASSEAU.

Comment donc, monsieur? prenez garde à ce que vous dites.

VIVIEN.

C'est la vérité, monsieur; il a une fille qui est la créature la plus maussade et la plus effrontée...

M. THOMASSEAU.

Monsieur....

VIVIEN.

Et un coquin de cousin qui est un homme à pendre. C'est bien la plus détestable famille que cette famille-là.

M. THOMASSEAU.

Vous êtes un fripon et un insolent, de parler de gens d'honneur comme vous faites, et je vous ferai donner mille coups de bâton, afin que vous le sachiez.

VIVIEN.

Que la peste m'étouffe, si je ne vous dis vrai. Vous ne connoissez point ces gens-là, monsieur: si vous les aviez vus seulement....

M. THOMASSEAU.

Et savez-vous bien que je suis monsieur Thomasseau, moi qui vous parle?

VIVIEN.

Non, non, monsieur, ce n'est pas vous; je viens de le quitter, il est aux Trois-Rois avec sa fille et des soldats aux gardes.

M. THOMASSEAU.

Voilà un maraud qui a perdu l'esprit, ou qui vient ici pour m'insulter.

VIVIEN.

Tenez, il est borgne et boiteux, monsieur Thomasseau : je viens de le quitter, vous dis-je.

M. THOMASSEAU.

Il y a ici quelque chose que je ne comprends point.

VIVIEN.

Et sa fille a le visage de travers ; elle est bossue, naine et boiteuse.

M. THOMASSEAU.

C'est une pièce qu'on m'a voulu faire.

VIVIEN.

Vous avez l'air d'un honnête homme, monsieur; je vous demande votre protection contre ces canailles-là.

M. THOMASSEAU.

Il faut en rire malgré moi. Oui, je vous l'accorde; c'est quelque plaisanterie qu'on vous a faite ; vous êtes nouveau débarqué en ce pays-ci, quelques égrillards ont voulu rire à vos dépens et aux miens.

VIVIEN.

Il y a de méchantes gens. Pour moi, monsieur, je suis sans malice.

M. THOMASSEAU.

Je le vois bien. Oh çà! c'est moi qui suis monsieur Thomasseau, encore une fois.

VIVIEN.

Et moi, monsieur Vivien de la Chaponnardière.

M. THOMASSEAU.

Ma fille est jeune et belle, et n'est ni naine ni bossue.

VIVIEN.

En ce cas-là, je viens pour être votre gendre, et voilà une lettre de mon père.

M. THOMASSEAU.

Je reconnois son seing et son écriture.

SCÈNE XVIII.

MADAME DUBUISSON, CLITANDRE, M. THO-MASSEAU, VIVIEN.

MADAME DUBUISSON, à *Clitandre*.

CELA est comme je vous le dis, entrez dans le logis, votre tante et votre sœur y sont, et vous ne risquez rien.

CLITANDRE.

Mais si ce gendre malotru....

MADAME DUBUISSON.

Il ne le sera pas, je vous en réponds. Le voilà encore avec monsieur Thomasseau : entrez, vous dis-je, et nous laissez faire.

SCÈNE XIX.

MADAME DUBUISSON, M. THOMASSEAU, VIVIEN.

MADAME DUBUISSON.

En bien! avez-vous su ce qu'avoit cet honnête monsieur, pour faire tant de bruit?

M. THOMASSEAU.

C'est le fils d'un de mes amis, ma voisine, qui vient ici pour être mon gendre.

VIVIEN.

Je vous le disois bien moi, que le Thomasseau de tantôt n'étoit pas le véritable, et qu'il y en avoit quelque autre.

MADAME DUBUISSON.

Je vous félicite de l'avoir trouvé.

VIVIEN.

Si je vous en avois cru pourtant.... écoutez, je crois que vous êtes une friponne, madame.

M. THOMASSEAU.

Comment, mon gendre?

VIVIEN.

Elle étoit de complot avec vos cadets, ces vilains Thomasseau que je vous ai dits.

MADAME DUBUISSON.

Votre gendre est un peu fou, monsieur, il est bon de vous en avertir.

SCÈNE XX.

MADAME DUBUISSON, M. THOMASEAU, VIVIEN, THIBAUT.

THIBAUT.

Ah! vous velà, monsieur, n'avez-vous point vu par hasard une madame de Paris qui vous cherche?

M. THOMASSEAU.

Une dame de Paris! que me veut-elle?

THIBAUT.

Alle m'a dit de vous dire qu'alle veut vous dire queuque chose, qu'alle dit qui est de conséquence.

M. THOMASSEAU.

Quand elle viendra, nous saurons ce que c'est.

THIBAUT, *en regardant Vivien.*

Ah, ah, ah, ah!

VIVIEN, *en se tournant pour voir de quoi rit Thibaut.*

Cet homme-là se moque de moi, je pense?

THIBAUT.

Tatigué, que velà un drôle de corps! ah, ah, ah, ah, ah!

M. THOMASSEAU.

Te tairas-tu; maraud? c'est mon gendre.

THIBAUT.

Ah, ah, ah, ah! comme il se gausse, couseine.

MADAME DUBUISSON.

Il ne se gausse point, c'est la vérité.

THIBAUT.

Quoi! c'est là ce mari qu'ous avez fait venir exprès pour mademoiselle Mariane?

M. THOMASSEAU.

Oui, lui-même, qu'en veux-tu dire?

THIBAUT.

Morgué! votre fille choisit mieux que vous, je me donne au diable, le gars de la petite ruelle vaut trente maris comme sti-là; je vous l'avois bian dit qu'ils se trouveriont deux. Je m'en vais vous l'amener, vous varrez vous-même.

M. THOMASSEAU.

Madame Dubuisson, vous avez un cousin qui devient bien insolent; je le mettrai dehors, si cela continue.

SCÈNE XXI.

M. THOMASSEAU, VIVIEN, MADAME DUBUISSON.

VIVIEN.

Tenez, beau-père, j'ai dans la pensée que ce paysan-là est le Thomasseau de tantôt, hors qu'il n'est plus borgne.

M. THOMASSEAU.

Lui! point du tout, c'est mon jardinier.

SCÈNE XXII.

MADAME DUBUISSON. M. THOMASSEAU, VIVIEN, THIBAUT, LORANGE.

THIBAUT.

PARGUÉ! je reviens sur mes pas, et je m'en retourne de même; velà cette madame de Paris qui vous demande.

LORANGE, *en demoiselle.*

Monsieur, je suis votre très-humble servante.

M. THOMASSEAU.

Je suis votre serviteur, madame.

VIVIEN.

Voilà une grande fille qui n'est pas mal faite.

MADAME DUBUISSON.

Eh, comment! c'est mademoiselle Dubasard, si je ne me trompe?

LORANGE.

Oui, ma chère madame Dubuisson, c'est moi-même.

M. THOMASSEAU.

Tu connois cette personne-là, ma voisine?

MADAME DUBUISSON.

Vraiment, oui, c'est une de nos amies, une fort honnête fille, qui postule pour chanter gratis à l'opéra, afin de se faire connoître. Eh! qui vous amène en ce pays-ci, mademoiselle?

LORANGE.

Trois officiers de dragons de mes bons amis m'ont
engagée d'y venir en vendanges; et comme j'ai su,
par occasion, que monsieur Vivien de la Chapon-
nardiere y étoit pour épouser la fille de monsieur,
j'ai cru ne pouvoir me dispenser de venir mettre
empêchement à ce mariage.

VIVIEN.

Mettre empêchement à mon mariage! et de quel
droit, madame?

LORANGE.

Comment! de quel droit, petit perfide?

M. THOMASSEAU.

Que veut dire ceci, mon gendre?

VIVIEN.

Le diable m'emporte si j'en sais rien; je ne connois point cette créature-là.

LORANGE.

Tu ne me connois point, traître? je te dévisage-
rai si on me laisse faire.

MADAME DUBUISSON.

Eh! ne vous emportez pas de la sorte.

LORANGE.

Tu ne me connois pas? n'est-ce pas toi qui m'as
mise dans mes meubles?

VIVIEN.

Moi?

M. THOMASSEAU.

Mon gendre?

LORANGE.

Avant que je connusse ce libertin-là, ma réputation flairoit comme baume dans tout le quartier
du palais royal.

MADAME DUBUISSON.

Je vous le disois bien, elle a toujours passé pour
une fille fort sage. .

LORANGE.

Si vous saviez, monsieur, comme il m'a attrapée!

M. THOMASSEAU.

Cela ne vaut rien, mon gendre; voilà de mauvaises manières.

VIVIEN.

Je vous proteste, monsieur Thomasseau....

LORANGE.

Tenez, monsieur, il venoit quelquefois chez une
honnête marquise qui donne à jouer; il me vit, je
lui plus; je le vis, il me plut.

MADAME DUBUISSON.

Il vous proposa quelques parties de plaisir?

LORANGE.

Vraiment, nous soupâmes ensemble dès le soir
même : il me fit boire tant de ratafia et tant manger
de truffes! Oh! pour cela, l'argent ne lui coûte
rien, il fait bien les choses.

MADAME DUBUISSON.

Cet homme-là est d'une grande dépense, au
moins.

M. THOMASSEAU.

Oui, cela n'accommode point un ménage.

5.

MADAME DUBUISSON.

Il ne faut pas demander si le lendemain il alla vous rendre visite.

LORANGE.

Oui, madame; et deux jours après il m'envoya une tapisserie de brocatelle, un petit lit de damas feuille morte, avec la petite oie.

M. THOMASSEAU.

Un lit de damas! cela est violent.

VIVIEN.

Si j'ai jamais vu cette coquine-là! si je sais ce que c'est que tout ce qu'elle dit!

LORANGE.

Oh! tu as beau nier, il faut que tu m'épouses ou que tu sois pendu.

VIVIEN.

Je vous épouserai, moi?

LORANGE.

Oui, par la ventrebleu, tu m'épouseras.

MADAME DUBUISSON.

Ne vous tourmentez donc point, mademoiselle, vous vous ferez malade.

LORANGE.

Ah! je veux que cinq cents diables me tordent le cou, madame, si....

VIVIEN.

Voilà une effrontée carogne.

M. THOMASSEAU.

Allez, monsieur, vous devriez mourir de honte de faire des présents à des filles qui jurent comme cela!

SCÈNE XXIII.

MADAME DUBUISSON, M. THOMASSEAU, VIVIEN, CLITANDRE, THIBAUT.

THIBAUT.

TENEZ, monsieur, velà le mari que votre fille a fait venir de Paris, et velà sti que vous avez fait venir de campagne. Alle veut sti-ci, et ne veut point sti-là; est-ce qu'alle a tort ? regardez-les bian; queu comparaison !

SCÈNE XXIV.

MADAME DUBUISSON, M. THOMASSEAU, CLITANDRE, MARIANE, THIBAUT, VIVIEN, MADAME DESMARTINS, AN-GÉLIQUE.

M. THOMASSEAU.

APPROCHEZ, ma fille, approchez.

MARIANE.

Souffrez, mon père, que je me jette à vos genoux, pour vous conjurer instamment de ne me pas forcer....

M. THOMASSEAU.

Ne me priez de rien, ma fille, l'affaire est conclue dans ma tête.

MARIANE.

Ah, mon père !

M. THOMASSEAU.

Votre mariage est déja rompu avec monsieur;
c'est une affaire faite, je ne veux point de débauché dans ma famille.

VIVIEN.

Quoi! vous croyez, monsieur Thomasseau....

M. THOMASSEAU.

Voilà qui est fini, vous dis-je; j'écrirai à votre
père.

CLITANDRE.

Oserois-je me flatter, monsieur....

M. THOMASSEAU.

Pour terminer quelque chose avec vous, monsieur, il faut savoir auparavant qui vous êtes.

CLITANDRE

Il ne sera pas malaisé de vous en instruire, et
voilà ma tante et ma sœur....

M. THOMASSEAU.

Vous êtes le frère de cette adorable personne?

MADAME DESMARTINS.

Si vous êtes toujours dans le dessein d'épouser
ma nièce, il faut consentir au bonheur de mon neveu, pour le faire consentir au vôtre.

M. THOMASSEAU.

Sur ce pied-là, c'est une affaire faite, et nous serons bientôt d'accord.

VIVIEN.

Eh! qu'est-ce donc? me faire venir exprès de
Gisors pour se moquer de moi?

LORANGE.

Consolez-vous, monsieur, jeune et nigaud.
comme vous êtes, vous ne manquerez pas de bonne
fortune.

(*On entend un bruit de hautbois et de musettes.*)

M. THOMASSEAU.

Quelle musique est-ce là?

MADAME DUBUISSON.

C'est un petit bal de campagne que mademoiselle Duhasard a préparé pour monsieur Vivien,
apparemment.

M. THOMASSEAU.

Comment donc?

MADAME DUBUISSON.

Comme fille postulante d'opéra, il faut bien
qu'elle donne un plat de son métier à la compagnie.

LORANGE.

Et comme maître de l'Épée-de-Bois, si vous
voulez, je ferai le festin des deux mariages.

M. THOMASSEAU.

Mademoiselle Duhasard est un cabaretier?

LORANGE.

Fort à votre service.

VIVIEN.

Je vous le disois bien, moi, qu'on me faisoit
pièce.

LORANGE.

Sans rancune, monsieur Vivien; nous vous avons
empêché de vous marier, ce n'est pas vous rendre

un mauvais office. Allons, gai, messieurs de la symphonie, honneur à monsieur Vivien et à nos vendanges.

DIVERTISSEMENT.

Plusieurs vendangeurs et vendangeuses, précédés de quelques hautbois et d'une musette, entrent en dansant.

PREMIER VENDANGEUR.

Amis vendangeux,
Ayons le cœur joyeux,
J'avons les vendanges nouvelles,
Qui sont des plus belles,
Nargue du vin vieux.
Amis vendangeux,
Ayons le cœur joyeux.

LE CHŒUR *répète.*

Amis vendangeux,
Ayons le cœur joyeux.

SECOND VENDANGEUR.

Darlu, Rousseau, Fitte et Forelle
En avont dans l'aile
Avec leur vin vieux.
Amis vendangeux,
Ayons le cœur joyeux.

LE CHŒUR *répète.*

Amis vendangeux,
Ayons le cœur joyeux.

PREMIER VENDANGEUR.

Serviteur à monsieur Vivien
De la Chaponnardière.

Tous les acteurs et actrices de la comédie et du
divertissement font la révérence à monsieur
Vivien, en répétant :

Serviteur à monsieur Vivien
De la Chaponnardière.

PREMIER VENDANGEUR.

Qu'il est docile, et qu'il prend bien
Le bon parti dans cette affaire !
Serviteur à monsieur Vivien
De la Chaponnardière

LE CHŒUR *répète.*

Serviteur à monsieur Vivien
De la Chaponnardière.

Deux vendangeurs et deux vendangeuses dansent
une entrée grotesque.

SECOND VENDANGEUR.

Morgué, morgué, point de mélancolie,
J'ons bon vin et femme jolie,
N'est-ce pas pour vivre contents ?
Tout ce qui peut me chagriner l'âme,
J'ons du vin nouviau tous les ans :
Mais j'ons toujours la même femme.

Entrée d'un sabotier seul.

MADAME DESMARTINS, *vêtue en vendangeuse,*
chante.

Amans, qui venez en vendange,
L'amour ne trouve point étrange

Qu'au Dieu du vin vous fassiez votre cour.
  Dans une heureuse intelligence
  Ces dieux se servent tour à tour.
L'Amour aide à Bacchus, et par reconnoissance
    Bien souvent Bacchus avance
    Les affaires de l'Amour.

Un paysan danse une entrée comique avec Angélique, qui est vêtue en vendangeuse.

SECOND VENDANGEUR.

Les plus habiles vendangeuses,
Quoi qu'ordonne le dieu du vin,
Ne sont jamais assez soigneuses
Pour bien cueillir tout le raisin.
Mais aux vendanges de Surène,
  · Avec les jeux et les ris,
    Le dieu des amours amène
Des grapilleuses de Paris.

Un grand benèt de paysan danse seul d'une manière niaise : quand il a fini, madame Desmartins
s'avance au bord du théâtre, au milieu des deux
vendangeurs. Ils chantent les couplets suivants,
que tous les acteurs et actrices de la comédie et
du divertissement répètent en chantant.

PREMIER VENDANGEUR.

Profitez bien, jeunes fillettes,
Des moments faits pour les amours :
Quand on a passé ses beaux jours,
Adieu paniers, vendanges sont faites.

MADAME DESMARTINS.

Cachez bien les faveurs secrettes,
Amants, dont vous êtes comblés ;
Sitôt que vous les révélez,
Adieu paniers, vendanges sont faites.

SECOND VENDANGEUR.

Il faut savoir en amourettes
Se saisir des tendres moments :
Pour les trop timides amants,
Adieu paniers, vendanges sont faites.

PREMIER VENDANGEUR.

Faites bien vos marchés, grisettes,
Avant qu'aimer les grands seigneurs ;
Sitôt qu'ils ont de vos faveurs,
Adieu paniers, vendanges sont faites.

Tous les acteurs et les actrices rentrent en dansant et en chantant ; et madame Desmartins, qui demeure seule sur le théâtre, adresse à l'assemblée ce dernier couplet :

Défiez-vous de ces coquettes
Qui n'en veulent qu'à vos écus ;
Sitôt que vous n'en aurez plus,
Adieu paniers, vendanges sont faites.

FIN DES VENDANGES DE SURÈNE.

LES VACANCES,

COMÉDIE,

PAR DANCOURT,

Représentée, pour la première fois, le 31 octobre
1697.

PERSONNAGES.

Monsieur Grimaudin, procureur.

Lépine, filleul de M. Grimaudin.

Le Magister.

Angélique, fille de M. Grimaudin.

Madame La Roche, domestique de M. Grimaudin.

Monsieur de la Paraphardière, greffier.

Madame Périnelle, bourgeoise.

Clitandre, capitaine de cavalerie.

Monsieur Maugrebleu, fils de M. Grimaudin.

Martine, paysane.

Colin, petit paysan.

Le Barbier du village.

La Meunière.

Un Suisse.

Plusieurs procureurs, paysans et dragons.

La scène est dans le village de Gaillardin en Brie, proche du château.

LES VACANCES,

COMÉDIE.

SCÈNE I.

LE MAGISTER, LÉPINE.

LE MAGISTER.

Non, palsanguenne, vous avez beau dire, monsieur de Lépine, je ne saurois m'accoutumer à sti-là.

LÉPINE.

Mais qu'est-ce que cela vous fait, monsieur le magister? puisqu'il faut que nous ayons un seigneur une fois, que nous importe qui le soit?

LE MAGISTER.

Que nous importe? morgué, ça est honteux que le cousin du meûnier de Rougemare, monsieur Grimaudin, devianne seigneur du village de Gaillardin : je ne puis avaler cette pilule-là.

LÉPINE.

C'est un honnête homme, qui a gagné du bien, et....

LE MAGISTER.

Un procureur honnête homme, et qui est devenu riche encore! en velà une belle marque.

6.

LÉPINE.

Il a des amis, de bonnes connoissances, et nous
nous trouverons bien de sa protection.

LE MAGISTER.

Li? il nous fera des procès à tous tant que je
sommes : mais, morgué, je m'en gausse; je sommes
quatre ou cinq dans le village qui li taillerons de
la besogne, sur ma parole.

LÉPINE.

Et que ferez-vous?

LE MAGISTER.

Ce que je ferons? Il n'est morgué pas plus gentilhomme que nous : je sis collecteur, moi, dieu
marci, cette année : palsanguenne, j'aurai le plaisir de mettre notre nouveau seigneur à la taille.

LÉPINE.

Qu'est-ce que cela produira?

LE MAGISTER.

Que je le ferons enrager, et s'il ne veut avoir la
paix, il a de petits droits que je li ferons pardre.
Oh! je ne nous mouchons pas du pied, afin que
vous le sachiais.

LÉPINE.

Vous êtes un homme entendu et entreprenant,
je vois bien cela.

LE MAGISTER.

Morgué, vous avez itou un peu d'esprit, gober-
geons-nous ensemble de ce cousin de meûnier, qui
viant être notre seigneur, maugré que j'en ayons.

LÉPINE.

Mais je ne puis, avec bienséance, moi....

LE MAGISTER.

Quoi! parce qu'il vous a fait procureur-fiscal?
Parguenne, il vous a baillé là une belle charge!
Acoutez, il n'y a que deux mots qui sarvent; vous
êtes nouveau venu dans le village aussi bien que
li, ne vous brouillez point avec lès habitants. C'est
un petit avis que je vous baille, vous y ferez vos
petites réflexions. Votre valet, monsieur de Lépine.

SCÈNE II.

LÉPINE, *seul.*

C'est une assez méchante engeance que la race
paysanne, et notre monsieur Grimaudin a toute la
mine de n'être pas content, dans la suite, de l'acquisition qu'il vient de faire. Le voici, je pense.
Le magister a ma foi raison; voilà un fort vilain
seigneur de paroisse.

SCÈNE III.

M. GRIMAUDIN, LÉPINE.

M. GRIMAUDIN.

Eh bien! mon pauvre Lépine, je suis sur mes
terres, et me voilà pourtant, en dépit de l'envie,
propriétaire du château et de la seigneurie de Gaillardin.

LÉPINE.

Et à fort bon marché, n'est-ce pas? On ne vous
rapportera ni argent faux, ni vieilles espèces du
paiement que vous avez fait.

M. GRIMAUDIN.

Oh! pour cela, non, je t'en réponds; je me la
suis fait adjuger pour les frais d'une instance que
j'ai eu l'esprit de faire durer dix-sept ans, et le
fond du procès n'est pas jugé encore.

LÉPINE.

Quelle bénédiction! Vous tirerez encore de-là
de bonnes nippes.

M. GRIMAUDIN.

Je l'espère. Quand des gens de notre profession
ont un peu d'honneur et de conduite, ils font de
bonnes maisons en bien peu de temps, n'est-il
pas vrai?

LÉPINE.

La peste! Oui. Vous autres procureurs de cour
souveraine, vous avez souvent de bonnes occa-
sions : mais un pauvre diable comme moi....

M. GRIMAUDIN.

Laisse-moi faire, j'achèverai ta fortune, va,
quoique je n'eusse encore cette terre-ci qu'à bail
judiciaire, quand tu revins de Flandres l'année
passée, j'ai trouvé le moyen de t'en faire le procureur-fiscal : m'en voilà maintenant seigneur, par
la grâce de Dieu et du Châtelet; tu es mon filleul,
tu as de bons principes, je te pousserai, tu iras
loin, sur ma parole.

LÉPINE.

Il ne tiendra pas à moi que je ne fasse quelque chose dans la robe, j'ai des inclinations admi-rables.

M. GRIMAUDIN.

Sur ce pied-là, je veux, avant qu'il soit dix ans, que tu aies une petite terre.

LÉPINE.

Je vous suis bien obligé, mon parrain.

M. GRIMAUDIN.

Il y a plaisir, oui, de venir ainsi passer les Vacances dans ses petits états ?

LÉPINE.

Assurément.

M. GRIMAUDIN.

Il y a peu de mes confrères qui en puissent faire autant.

LÉPINE.

Il n'y en aura jamais qui fasse son chemin si promptement que vous; et si, ils aiment à aller vite ces messieurs-là.

M. GRIMAUDIN.

J'en attends ici trois ou quatre, que j'ai priés de me venir voir avec leurs familles, pendant les vacances.

LÉPINE.

Vous ne manquerez pas de compagnie.

M. GRIMAUDIN.

Je veux les régaler de manière à les faire crever de dépit.

LÉPINE.

Ils seront tous bien fâchés de vous voir faire si
bonne figure.

M. GRIMAUDIN.

Je le crois comme cela.

LÉPINE.

N'est-ce pas aujourd'hui que vous faites la cérémonie de prendre possession....

M. GRIMAUDIN.

Selon le monde qui viendra : je ne prétends pas
que cela se fasse *incognito*, non ; j'ai donné ordre
que tout le village se mit sous les armes, j'aime à
faire parler de moi.

LÉPINE.

C'est la folie de tous les grands hommes.

M. GRIMAUDIN.

Que je vais vivre heureux ! Je suis veuf premièrement.

LÉPINE.

Oui ; mais vous avez deux grands enfants.

M. GRIMAUDIN.

Bon, le garçon s'est fait soldat, il n'oseroit revenir, et Dieu merci, c'est un fripon que je suis
en droit de déshériter, et de ne jamais voir.

LÉPINE.

Cela est bien heureux.

M. GRIMAUDIN.

Et pour la fille, c'est une coquine qui ne vau-
dra pas mieux que son frère. Je veux la marier à
un vieux greffier, dont je suis sûr qu'elle ne voudra

point; et je la gênerai tant, je la gênerai tant,
qu'elle fera quelque sottise, qui m'autorisera à la
mettre dans un couvent. Oh! j'ai des vues bien
judicieuses.

LÉPINE.

Oh! pour cela, vous êtes né coiffé, d'avoir des
enfants qui secondent si bien vos bonnes intentions.

M. GRIMAUDIN.

Tout conspire à mon bonheur, et je m'en vais
avoir le plaisir de faire la fortune d'une personne
que j'aime.

LÉPINE.

Vous êtes amoureux?

M. GRIMAUDIN.

Oui, mon enfant. Est-ce que madame la Roche
ne t'a parlé de rien?

LÉPINE.

Vous voulez épouser madame la Roche?

M. GRIMAUDIN.

Épouser madame la Roche! tu rêves, je pense.

LÉPINE.

Pourquoi non? pour l'acquit de votre conscience peut-être. Il y a long-temps qu'elle est votre
gouvernante; et depuis la mort de la défunte, il
n'est pas que vous ne lui ayez promis quelquefois....

M. GRIMAUDIN.

Cela étoit bon quand je n'étois que simple procureur; mais à présent....

LÉPINE.

Ah! le petit inconstant qui change avec la fortune!

M. GRIMAUDIN.

Je veux te la faire épouser, à toi, laisse-moi ménager cela. La voici, je vais sur-le-champ lui proposer.

LÉPINE.

Non, non, mon parrain; si le cœur m'en dit, je ferai ma proposition moi-même.

SCÈNE IV.

MADAME LA ROCHE, M. GRIMAUDIN, LÉPINE.

MADAME LA ROCHE.

Qu'est-ce que c'est donc, monsieur? est-ce vous qui faites venir ici une compagnie de gens d'armes, pour prendre possession de votre terre avec plus d'éclat?

M. GRIMAUDIN.

Comment donc? que veux-tu dire?

MADAME LA ROCHE.

Ils sont plus de cinquante hommes à cheval, qui logeront cette nuit dans le village : ils disent qu'ils se sont détournés de trois lieues pour passer par ici.

M. GRIMAUDIN.

Ils prennent bien de la peine; et pourquoi ne vont-ils pas leur chemin?

LÉPINE.

C'est quelque officier de votre connoissance, apparemment, qui vient vous rendre visite pour honorer votre prise de possession.

M. GRIMAUDIN.

Oui; mais il ne falloit pas qu'il vînt avec tant de monde.

MADAME LA ROCHE.

Venez donc voir ce que vous en ferez; ils veulent mettre leurs chevaux dans le château, parce qu'il n'y a pas assez d'écuries dans le village.

M. GRIMAUDIN.

Leurs chevaux dans le château! Ah! ah! je leur ferai bien voir.... Allons, allons, mon filleul. un bon procès-verbal de Dieu, commençons toujours par là.

LÉPINE.

Autant de papier timbré perdu, mon parrain: on ne gagne rien à plaider avec ces gens-là.

SCÈNE V.

MARTINE, M. GRIMAUDIN, LÉPINE, MADAME LA ROCHE.

MARTINE.

En vite! eh tôt! monsieur, dépêchez-vous.

M. GRIMAUDIN.

Qu'est-ce qu'il y a?

MARTINE.

Deux carrosses tout pleins de madames, et une charretée de procureux qui venont d'arriver dans la cour de la farme. Ils sont pêle-mêle avec de grands soudarts, qui caressont les femmes et qui battont les hommes. Ils disont tretous que vou. leur faites pièce.

M. GRIMAUDIN.

Mon pauvre filleul!

LÉPINE.

Vos petits Etats sont mal policés, mon parrain, il y faut mettre ordre.

MADAME LA ROCHE.

Il n'y a point de temps à perdre.

M. GRIMAUDIN.

Tu as raison : je m'en vais leur faire donner assignation par mon sergent, à ce qu'ils aient à se retirer et à en venir par-devant le bailli dans la huitaine, avec protestation de les prendre à partie en leur propre et privé nom, en cas de désordre.

LÉPINE.

Leur signifiant que vous êtes procureur, n'est-ce pas?

MADAME LA ROCHE,

Eh! monsieur, vous n'y songez pas; ces gens-là jetteront votre sergent dans le puits, et ils mettront le feu à la maison; c'est moi qui vous le dis.

M. GRIMAUDIN.

Mais voilà qui est extraordinaire, des cavaliers
dans ce village-ci; ce n'est point un passage de
troupes.

LÉPINE.

Il y a là-dessous quelque chose que je ne comprends pas bien : je m'en vais voir un peu ce que
cela veut dire, et je viendrai vous en rendre compte,
laissez-moi faire.

M. GRIMAUDIN.

Oui, c'est bien dit; parle aux gens de guerre, et
je m'en vais recevoir les gens de robe.

SCÈNE VI.

MADAME LA ROCHE, seule.

Et je vais de mon côté, moi, lui préparer plus
d'embarras que la guerre et la robe ne lui en peuvent faire.

SCÈNE VII.

ANGÉLIQUE, MADAME LA ROCHE.

ANGÉLIQUE.

Eh bien! ma chère madame la Roche, je ne me
trompois point dans mes conjectures : ce vieux vilain greffier, que je t'ai dit qui me venoit voir quelquefois au couvent et qui faisoit tant le radouci....

MADAME LA ROCHE.

Je n'en ai pas douté non plus que vous. Il est
amoureux de vous, sans contredit.

ANGÉLIQUE.

Son amour est autorisé de l'aveu de mon père,
et il vient ici pour m'épouser : le voilà qui arrive

MADAME LA ROCHE.

Cela ne se peut pas. Il est vrai pourtant que
votre père est assez fou : mais il ne l'est point assez
pour....

ANGÉLIQUE.

Quel homme, ma chère madame la Roche! avec
quelle dureté il en a toujours agi avec mon frère et
avec moi! J'ai bien à me plaindre de la nature de
m'avoir donné pour père....

MADAME LA ROCHE.

Mon dieu! ne vous plaignez point si fort, il n'est
peut-être pas tant votre père que vous vous l'ima-
ginez; et la défunte.... baste : le bon homme mérite assez d'avoir des héritiers de contrebande.

ANGÉLIQUE.

Je te l'ai déja dit, madame la Roche, son dessein est de me persécuter pour m'obliger, comme
mon frère, à prendre un parti.

MADAME LA ROCHE.

Oh! je ne vous crois pas d'humeur à vous enrôler, quelque chose qu'il puisse faire.

ANGÉLIQUE.

Il veut que je fasse quelque extravagance, te
dis-je.

MADAME LA ROCHE.

Eh bien! faites, ce sera sa faute; et s'il ne faut que cela pour le contenter, je ne vois pas que la chose soit bien difficile.

ANGÉLIQUE.

Que tu es extravagante!

MADAME LA ROCHE.

Point; je vous parle sérieusement. A la vérité, je comprends bien que, comme vous êtes peu entreprenante, vous ne hasarderez jamais la chose toute seule, et qu'il vous faut un associé.

ANGÉLIQUE.

Ah! ma chère madame la Roche!

MADAME LA ROCHE.

Vous soupirez? Votre associé est tout trouvé, je gage; ce n'est plus que la résolution qui vous manque. Je vous en donnerai, moi, ne vous mettez pas en peine.

ANGÉLIQUE.

Il n'y en auroit point que je ne fusse capable de prendre, si je voyois jour à ne les pas prendre inutilement.

MADAME LA ROCHE.

Qu'est-ce à dire, inutilement? Vous appréhendez qu'on ne veuille pas de vous? Allez, allez; les jeunes gens d'à présent ont beau être ridicules et s'en faire accroire, il n'y en a point qui pousse la sottise jusque-là.

7.

ANGÉLIQUE.

Ah! qu'il y a peu de solidité dans le cœur des hommes, ma chère enfant!

MADAME LA ROCHE.

Est-ce que vous y avez déja été attrapée?

ANGÉLIQUE.

Non, vraiment, je ne m'en plains pas : mais....

MADAME LA ROCHE.

Vous ne vous en plaignez pas; mais vous avez sujet de vous en plaindre, peut-être? Allons, allons, dites-moi franchement vos petites affaires : vous avez quelque godelureau dans le cœur ou dans la cervelle, sur ma parole.

ANGÉLIQUE.

Hélas! non; c'est un jeune officier, qui venoit au couvent où j'étois, voir une de ses parentes.

MADAME LA ROCHE.

Ah! ah! ce jeune officier-là est bien fait, je gage?

ANGÉLIQUE.

Tout ce qu'on peut l'être.

MADAME LA ROCHE.

Il a de l'esprit?

ANGÉLIQUE.

Au-delà de l'imagination.

MADAME LA ROCHE.

Vous vous aimez?

ANGÉLIQUE.

Nous avions fait partie pour cela; mais il est parti pour l'armée. On m'a fait sortir du couvent;

j'ignore où il est; il ne sait ce que je suis devenue;
je n'ai point de ses nouvelles.

MADAME LA ROCHE.

Voilà une partie d'amour assez dérangée, à ce
qu'il me semble; et je ne vois pas que nous la puis-
sions renouer assez à temps pour rompre celle du
greffier : vous verrez qu'il en faudra faire quelque
autre.

ANGÉLIQUE.

Oh! pour cela, non : mais si celle que je te dis
se trouvoit faisable....

MADAME LA ROCHE.

Voici la femme du substitut, madame Perrinelle.

ANGÉLIQUE.

Ce greffier de malheur est avec elle.

SCÈNE VIII.

MADAME PERRINELLE, LE GREFFIER, AN-
GÉLIQUE, MADAME LA ROCHE.

MADAME PERRINELLE.

QU'EST-CE que cela veut donc dire, madame la
Roche? Ah! voilà aussi mademoiselle Angélique
Grimaudin. Vraiment, vous avez un plaisant original de père; inviter d'honnêtes gens à venir le
voir dans un château dont il n'est pas le maître et
où le roi met garnison de gens d'armes.

LE GREFFIER.

Et une garnison insolente, qui manque de respect à madame Perrinelle.

MADAME PERRINELLE.

Oui, des coquins qui ont l'audace de donner des croquignoles à monsieur le greffier.

LE GREFFIER.

Oh! ils n'y ont pas osé venir plus de trois ou quatre fois, et je leur ai bien dit que si cela continuoit....

MADAME LA ROCHE.

Si vous leur aviez parlé d'abord un peu ferme...

LE GREFFIER.

Je ne prenois pas garde à moi dans les commencements; je ne songeois qu'à madame Perrinelle. Quand on est avec des femmes.....

MADAME PERRINELLE.

Ces brutaux-là n'ont non plus de considération pour le beau sexe....

LE GREFFIER.

Ils vous trouvoient jolie. La peste! au retour d'une campagne, ces drôles-là ne s'embarrassent non plus de honnir une femme de robe....

MADAME PERRINELLE.

Ils ont du goût dans leur brutalité; c'est dommage qu'ils manquent de savoir-vivre.

LE GREFFIER.

C'est la faute de monsieur Grimaudin, de n'avoir pas prévu....

MADAME PERRINELLE.

Patience, patience! je ne lui laverai pas mal la tête.

ANGÉLIQUE.

Vous n'avez donc point encore vu mon père, madame?

MADAME PERRINELLE.

Non, mademoiselle Grimaudin.

ANGÉLIQUE.

Je vais le faire chercher, madame Perrinelle.

MADAME PERRINELLE.

Vous me ferez plaisir, mademoiselle Grimaudin.

ANGÉLIQUE.

Il viendra vous recevoir, comme vous le méritez, madame Perrinelle.

MADAME PERRINELLE.

Je m'y attends bien, mademoiselle Grimaudin.

ANGÉLIQUE, *s'en allant.*

Ne vous impatientez pas, madame Perrinelle.

MADAME PERRINELLE.

Ce sont mes affaires, mademoiselle Grimaudin, ce sont mes affaires.

MADAME LA ROCHE.

Je vous donne le bonjour, madame Perrinelle.

SCÈNE IX.

MADAME PERRINELLE, LE GREFFIER.

MADAME PERRINELLE.

C'est donc là la petite créature que vous vous destinez à épouser, monsieur de la Paraphardière?

LE GREFFIER.

Oui, madame, qu'en dites-vous? comment vous semble-t-elle?

MADAME PERRINELLE.

Fort ridicule, fort laide, fort sotte, fort bête et fort impertinente.

LE GREFFIER.

Madame....

MADAME PERRINELLE.

La petite insolente! madame Perrinelle par-ci, madame Perrinelle par-là : elle a peur que j'oublie mon nom, je pense.

LE GREFFIER.

C'est un enfant, madame; il ne faut pas prendre garde....

MADAME PERRINELLE.

Mais je voudrois bien savoir où cela peut prendre tout l'orgueil dont cela est pétri? Quoi! parce que son père, que j'ai vu petit clerc chez mon oncle l'auditeur, au sortir de calotin, a trouvé le secret de s'approprier un mauvais château, qui, dans le fond, n'est pas grand'chose?

LE GREFFIER.

Non, vraiment, cela ne me paroît pas si joli que je l'avois oui dire.

MADAME PERRINELLE.

Fi! ce ne sont que des masures. Vous avez vu ma petite maison de Clignancourt?

LE GREFFIER.

Si je l'ai vue? Il n'y a ni cour ni jardin; mais à cela près, pour une maison de campagne, c'est bien la plus jolie chose....

MADAME PERRINELLE.

N'est-il pas vrai? quelle vue! c'est ma folie, à moi, que la vue.

LE GREFFIER.

Vous avez bien raison, il n'y a rien de plus nécessaire à la campagne. Et dites-moi un peu, n'êtes-vous pas venue chez moi au pré Saint-Gervais?

MADAME PERRINELLE.

Oh, tant de fois! J'étois si fort amie de la défunte!

LE GREFFIER.

C'est un petit endroit bien troussé, n'est-ce pas? Je n'y ai guères qu'un demi-arpent d'enclos; mais cela est ménagé, cela est ménagé : voilà ce qu'on appelle des maisons de campagne!

MADAME PERRINELLE.

Assurément; mais des bâtiments du temps du roi Guillemot, comme celui-ci! Oh! ce que j'en ai déja vu ne me plait point du tout.

LE GREFFIER.

Voici monsieur Grimaudin, madame.

SCÈNE X.

M. GRIMAUDIN, LE GREFFIER, MADAME PERRINELLE.

M. GRIMAUDIN.

Eu! à quoi vous amusez-vous donc? toute la
compagnie est en peine de vous. Il y a déja de ces
messieurs à la chasse, des dames dans le parc, le
reste joue à l'ombre dans la salle de mon château.
et vous voilà encore ici, vous autres?

LE GREFFIER.

Ma foi, monsieur Grimaudin, nous avons trouvé
en arrivant, une compagnie qui nous a effarou-
chés, franchement.

MADAME PERRINELLE.

Vous avez là de vilains hôtes, si vous voulez
qu'on vous le dise.

M. GRIMAUDIN.

Ce sont des troupes du roi qui passent sur mes
terres, madame; je ne puis me dispenser de les recevoir. Entre seigneurs hauts justiciers, on est
obligé à certains devoirs l'un envers l'autre. Je re-
lève de lui, au moins.

LE GREFFIER.

Je le crois bien vraiment.

———

SCÈNE XI.

M. GRIMAUDIN, MADAME PERRINELLE, LÉPINE, LE GREFFIER.

LÉPINE.

Ah! monsieur, voici de belles affaires.

M. GRIMAUDIN.

Comment donc?

LÉPINE.

Vos gens de justice ont bien pris leur temps pour vous venir rendre visite.

M. GRIMAUDIN.

Qu'est-il arrivé?

LÉPINE.

Trois de ces messieurs avoient pris des fusils pour aller tirer du côté du petit bois.

M. GRIMAUDIN.

Je sais cela, eh bien?

LÉPINE.

Cinq ou six de ces égrillards, avec le maréchal des logis, les ont rencontrés.

LE GREFFIER.

Ils ne les ont pas insultés, peut-être?

LÉPINE.

Oh! non, monsieur, de toute la compagnie il n'y a eu que votre visage qui leur a déplu.

MADAME PERRINELLE.

Ils leur ont ôté leurs fusils, peut-être?

LÉPINE.

Non, madame, ils ont chassé avec eux-mêmes, et ils leur ont trouvé tant de disposition, l'air si noble, les armes si belles, qu'ils disent que ce seroit dommage de ne pas mettre en œuvre de si bons hommes; ils les ont enrôlés, et à l'heure que je vous parle....

MADAME PERRINELLE.

Comment enrôlés?

LÉPINE.

Oui, vraiment, il n'y a pas de milieu, il faut qu'ils marchent.

LE GREFFIER.

Cela est épouvantable.

M. GRIMAUDIN.

Ce sont des pièces qu'on me fait.

MADAME PERRINELLE.

Cela me paroit comme cela, oui; mais il n'y a pas de plaisir à être exposée....

SCÈNE XII.

MADAME LA ROCHE, M. GRIMAUDIN, LÉPINE, MADAME PERRINELLE, LE GREFFIER.

MADAME LA ROCHE.

Eh! monsieur, quelle misère est-ce là? on n'est pas en sûreté dans votre maison.

M. GRIMAUDIN.

Est-il encore arrivé quelque chose de nouveau?

MADAME LA ROCHE.

Oui, vraiment. Venez en empêcher les suites, s'il vous plaît.

M. GRIMAUDIN.

Mais, qu'est-ce que ce peut être?

MADAME LA ROCHE.

La femme de monsieur le commissaire, et celle de monsieur l'avocat, sont entrées dans le parc; le sous-lieutenant de cette compagnie et le cornette y étoient avant elles.

LÉPINE.

Ils ont voulu aussi les enrôler peut-être?

MADAME PERRINELLE.

Ils ne leur ont point fait d'insolence?

MADAME LA ROCHE

Non, vraiment, au contraire, beaucoup d'honnêtetés, et ils veulent à toute force les mener souper avec eux à la Croix-Blanche.

M. GRIMAUDIN.

Vraiment, cela ne se fait point; et ces officiers-là ne savent pas.....

MADAME LA ROCHE.

Pardonnez-moi, ils savent bien que ce sont des bourgeoises : ils disent qu'ils les aiment mieux que des femmes de qualité.

M. GRIMAUDIN.

Ah! je suis au désespoir.

MADAME LA ROCHE.

Cela est chagrinant; les maris sont à la chasse encore, s'ils alloient revenir....

LÉPINE.

Bon, revenir; les maris sont enrôlés aussi de leur côté. Je me donne au diable, il faudra que les femmes marchent.

M. GRIMAUDIN.

Je vais parler à ces messieurs-là, madame la Roche.

MADAME LA ROCHE, *s'en allant.*

Dépêchez-vous au moins.

M. GRIMAUDIN.

Entrez au château, madame Perrinelle.

MADAME PERRINELLE.

Que j'y entre, moi? moi, que j'y entre? et, si dans l'humeur où sont ces enrôleurs-là, ils alloient aussi s'emparer de moi, monsieur Grimaudin?

LE GREFFIER.

Ne vous alarmez point, vous n'avez rien à craindre. Allons, madame.

LÉPINE.

Oh! pour cela non, je la garantis de tout, ils ont provision de vivandières.

SCÈNE XIII.

LÉPINE, seul.

OUAIS, qu'est-ce que tout cela veut dire? On cherche à faire insulte à mon parrain le procureur, sur ma parole; et pour moi, le cœur ne me dit rien de bon. Il me semble que j'ai vu quelques visages de ma connoissance.

SCÈNE XIV.

CLITANDRE, LÉPINE.

CLITANDRE, à part.

LES affaires prennent un assez bon train, et la plupart des paysans sont disposés comme je le souhaite.

LÉPINE, à part.

Je ne sais ce que cela veut dire; le temps présent ne va point trop mal, mais je crains diablement l'avenir à cause du passé.

CLITANDRE, à part.

Oh, palsambleu! monsieur le procureur, je vous ferai régaler de manière que vous vous repentirez d'être devenu seigneur de village aux dépens de mon oncle.

LÉPINE, à part.

Ah, ventrebleu! j'avois bien raison.

CLITANDRE, à part.

Voilà un visage qui ne m'est pas inconnu.

8.

LÉPINE, *à part.*

Je suis perdu; c'est mon dernier maître, c'est lui-même.

CLITANDRE, *à part.*

C'est un coquin qui m'a volé, je pense.

LÉPINE, *à part.*

Il pense mal, mais il pense vrai; c'est moi-même.

CLITANDRE, *à part.*

Si je ne craignois point de me méprendre....

LÉPINE, *à part.*

La conversation finiroit mal, ne l'entamons point; tirons nos chausses.

CLITANDRE.

Monsieur, monsieur de Lépine?

LÉPINE.

Plait-il, monsieur?

CLITANDRE.

Je ne me trompe point.

LÉPINE.

Pardonnez-moi, monsieur, vous me prenez pour un autre, je ne me nomme pas monsieur de Lépine.

CLITANDRE.

Tu ne te nommes pas Lépine, pendard?

LÉPINE.

Non, monsieur, ni Lépine, ni pendard, je vous assure.

CLITANDRE.

Ce n'est pas toi qui m'as quitté en Flandres l'année dernière, au commencement de la campagne?

LÉPINE.

En Flandres, monsieur?

CLITANDRE.

Oui, coquin, en Flandres; oserois-tu dire le contraire?

LÉPINE.

J'ai quelque idée confuse de vous avoir vu en ce pays-là.

CLITANDRE.

Quelque idée confuse?

LÉPINE.

Oui, monsieur, et en faveur de l'ancienne connoissance, s'il y a quelque chose ici pour votre service....

CLITANDRE.

Il y a pour mon service que tu commences par me rendre....

LÉPINE.

Oh! je me donne au diable, monsieur, si c'est moi qui vous l'ai prise.

CLITANDRE.

Comment? quoi, prise?

LÉPINE.

Non, la peste m'étouffe, je ne sais ce que c'est. N'allez pas ici me redemander....

CLITANDRE.

Et si tu ne m'as rien pris, qu'appréhendes-tu que je te demande?

LÉPINE.

Ah! que vous en savez long! Je vous vois venir:
vous m'allez parler d'une bourse, d'un diamant,
d'une boîte à-portrait, je gage?

CLITANDRE.

Pour un homme qui n'a pas fait le coup, tu es
bien informé de ce qu'on m'a volé, du moins.

LÉPINE.

Ce sont des idées confuses; mais dans le fond....

CLITANDRE.

Oui, je le vois bien, tu n'as que des idées confuses; mais comme les miennes sont certaines, si
tu ne me rends les soixante louis qui étoient dans
ma bourse....

LÉPINE.

Ah! ah! ah! soixante louis! il n'y en avoit que
trente-neuf, ou le diable m'emporte.

CLITANDRE.

Trente-neuf soit. Mon diamant de quatre cents
écus?

LÉPINE.

Comment, quatre cents écus! Ah! monsieur, il
faut avoir de la conscience; ou l'orfèvre ou vous,
vous êtes des fripons; il n'y a pas de milieu. Je suis
honnête garçon, moi; si j'en ai eu plus de quatre
cent trente-cinq livres....

CLITANDRE.

Tu as vendu le diamant? Et la boîte? le portrait?

LÉPINE.

Oh! pour le portrait, je vous le rendrai. Celui qui a acheté la boîte n'en a point voulu; il est d'une vieille.

CLITANDRE.

Il faut me rendre tout, autrement tu peux bien compter....

LÉPINE, *se jetant à ses genoux.*

Eh! miséricorde, monsieur! ne me perdez pas, je suis un enfant de famille : mon grand-père est sergent, mon père cabaretier, mon oncle fripier et ma mère sage-femme; ne déshonorez pas notre maison, je vous le demande en grâce.

CLITANDRE.

Lève-toi. Que fais-tu ici? y as-tu quelque connoissance?

LÉPINE.

Si j'en ai? je suis un des premiers magistrats du village, monsieur; procureur-fiscal à votre service.

CLITANDRE.

Toi, procureur? et par quelle aventure?

LÉPINE.

Ce n'est point par aventure, monsieur; c'est par raison. Je me suis de tout temps senti les inclinations preneuses, comme vous l'avez éprouvé vousmème; et parce que ces petites inclinations-là ont quelquefois de mauvaises suites, tant pour le repos de ma conscience que pour exercer ma passion dominante sans aucun risque, mes amis m'ont conseillé de me faire procureur. Mais que venez-vous faire ici, monsieur? qui diantre vous y amène?

CLITANDRE.

C'est ma compagnie qui doit y passer le quartier d'hiver.

LÉPINE.

Votre compagnie?

CLITANDRE.

Oui : j'ai demandé ce village au bureau, j'ai eu le crédit de l'obtenir, et j'y viens faire expirer sous le bâton, ou à force de persécutions, du moins, un maraud de procureur qui a eu l'insolence de se faire adjuger la terre de mon oncle.

LÉPINE.

Je m'en étois bien douté; mon parrain ne sera pas tranquille dans ses petits États.

CLITANDRE.

Hem, que dis-tu?

LÉPINE.

Je dis que ce maraud de procureur est mon parrain, monsieur.

SCÈNE XV.

LE MAGISTER, CLITANDRE, LÉPINE.

LE MAGISTER.

PALSANGUENNE, monsieu l'officier, vous devez être bian content de nous; je venons de disposer les billets, et en conséquence de vos bonnes intentions pour notre nouviau signeur, conformément

à celle que j'avons itou pour li da, de vos cinquante
hommes, j'en ons déja logé trente-cinq, tant dans
son châtiau que dans sa farme : ils seront morgué
là à bouche que veux-tu : c'est un fesse-matthieu qui
a de quoi, ne vous boutez pas en peine.

LÉPINE.

C'est un petit seigneur bien aimé que mon parrain.

CLITANDRE.

Voilà qui est bien. Et les autres, qu'en avez-
vous fait? où sont-ils?

LE MAGISTER.

Je les avons envoyés tous quinze chez un de ces
nouviaux monopoleux, qui a depuis peu acheté, à
nos dépens, une petite métairie au bout du village; par ainsi, je ne serons pas trop chargés; et
comme vous ne nous incommodez pas, soyez les
bian-venus.

CLITANDRE.

Vous me paroissez un homme de tête.

LE MAGISTER.

Oh! palsanguenne, oui, j'en ai une, et des plus
têtues, je vous en réponds : quand je l'ai par fois
chaussée d'une certaine magnière.... Et à présent
de ça, j'ai une petite grâce à vous demander, s'il
vous plait; vous nous ferez l'honneur de demeurer
ici tout l'hiver, peut-être?

CLITANDRE.

Selon les affaires qui m'y retiendront, ou celles
qui m'appelleront à Paris.

LE MAGISTER.

Morgué, n'importe, de près ou de loin; comme
note nouviau signeur est un vilain, un manant, un
goujat de robe, vous serez toujours le maitre; je
vous demande votre protection contre li.

CLITANDRE.

A propos de quoi?

LE MAGISTER.

A propos de ce que je veux li faire du dépit.

CLITANDRE.

Eh! de quelle manière?

LE MAGISTER.

Morgué, je voudrois bian ne li pas ôter mon
chapiau, non plus que je fais à trois ou quatre filles
qui m'avont fait pièce. Baillez-moi cette permis-
sion-là, monsieu l'officier, je vous en prie.

CLITANDRE.

Très volontiers, monsieur le magister; vous serez tant de sottises qu'il vous plaira, je ne vous en
empêcherai point, je vous assure.

LE MAGISTER.

Grand marci, monsieu. Que j'allons voir de
gens panauds! Oh, tatigué! je sis un fier compère!

LÉPINE.

Voilà un maître fou, qui ne nuira pas aux bons
desseins que vous avez pour le procureur.

SCÈNE XVI.

MADAME PERRINELLE, CLITANDRE, LÉPINE.

MADAME PERRINELLE, *parlant à elle-même.*

Oh! pour cela non, je n'y demeurerai point, voilà qui est résolu, je m'en retourne; oui, je m'en retourne.

CLITANDRE.

Qu'est-ce que c'est que cette honnête bourgeoise-ci?

MADAME PERRINELLE.

C'est une trop mauvaise compagnie pour passer les vacances, que la compagnie d'une compagnie de cavalerie.

LÉPINE.

Comment, diable, monsieur! c'est l'original du portrait de vieille que je veux vous rendre?

CLITANDRE.

Madame Perrinelle! quelle maudite rencontre!

MADAME PERRINELLE.

Clitandre en ce pays-ci! Eh! par quelle heureuse destinée l'amour prend-il ainsi le soin de nous rassembler à la campagne, mon cher enfant?

CLITANDRE.

Madame....

MADAME PERRINELLE.

Je ne vous attendois à Paris que dans quinze jours; mais je vous y attendois avec toutes les grâces....

LÉPINE.

Elle les a laissées en ce pays-là, sur ma parole.

MADAME PERRINELLE.

J'ai envoyé mon mari passer l'hiver à Bourges, il ne nous ennuiera pas tant cette année-ci que l'autre.

CLITANDRE.

Madame!

MADAME PERRINELLE.

A propos, ne seriez-vous point un des officiers de ces canailles qui sont ici, par parenthèse?

CLITANDRE.

Oui, madame, c'est ma compagnie.

MADAME PERRINELLE.

Vous avez une compagnie fort mal morigénée, fort mal instruite, fort mal élevée, je vous en avertis; mais, puisque vous la commandez, nous en aurons raison. Je vais vous annoncer au château. Vous y viendrez, je pense! Au moins, qu'on s'aperçoive un peu, je vous prie, que c'est à moi qu'on devra votre visite.

SCÈNE XVII.

CLITANDRE, LÉPINE.

CLITANDRE.

Je ne m'attendois point à trouver ici cette vieille folle-là. Elle est des amies du procureur apparemment? La connois-tu, dis?

LÉPINE.

Oh! pas tant que vous, monsieur, à beaucoup
près : mais c'est la vieille du portrait, je l'ai d'a-
bord reconnue. Vous n'êtes pas mal en quartier
d'hiver pour cette année. Un procureur à la campagne, madame Perrinelle à Paris, vous serez bien
payé de vos ustensiles.

SCÈNE XVIII.

ANGÉLIQUE, MADAME LA ROCHE, CLITANDRE, LÉPINE.

ANGÉLIQUE.

LA compagnie que mon père a fait venir ici se
divertira mal, et sa prise de possession ne sera pas
tranquille.

MADAME LA ROCHE.

Il en ordonne la cérémonie burlesque avec grand
soin, et il me semble qu'il s'en fait une vraie affaire. Il a fait venir un suisse de Gonesse avec
toute sa famille.

CLITANDRE, *apercevant Angélique.*

Que vois-je, Lépine?

LÉPINE.

Vous voyez une fort jolie fille et une fort bonne
femme; c'est un assortiment des plus commodes.

ANGÉLIQUE.

Ah! madame la Roche, voilà ce jeune officier
dont je te parlois, qui venoit au couvent.

MADAME LA ROCHE.

Cela n'est pas possible!

CLITANDRE.

La jolie fille ne m'est pas inconnue, Lépine.

LÉPINE.

Bon, tant mieux, vous aurez bientôt fait connoissance avec la bonne femme.

CLITANDRE.

La surprise où je suis, madame, de vous trouver à la campagne dans un temps....

ANGÉLIQUE.

Cette aventure est toute des plus imprévues pour moi, je vous l'avoue, et je ne m'attendois pas....

LÉPINE.

Je ne m'y attendois pas non plus, moi, la peste m'étouffe; et je gage que madame la Roche est aussi surprise de votre connoissance, que vous êtes surpris de vous rencontrer, et monsieur votre père ne sera pas moins surpris d'une chose aussi surprenante. Oh, diable! il y aura bien de la surprise dans tout ceci, sur ma parole.

MADAME LA ROCHE.

Mais que les surprises ne vous fassent pas perdre le jugement. Vous voilà à même de renouer la partie : mort de ma vie! finissez-la, il n'y a point de temps à perdre.

CLITANDRE.

Par quelle heureuse destinée, madame....

MADAME LA ROCHE.

On vous expliquera tout cela. C'est le même hasard qui l'a conduite ici, qui vous y amène. Vous vous aimez tous deux, vous vous retrouvez, vous ne vous séparerez pas sans boire.

ANGÉLIQUE.

Tu es vive, madame la Roche, et tu prends les choses d'une manière....

MADAME LA ROCHE.

Aussi, n'y a-t-il qu'un mot qui serve. Vous m'avez dit que monsieur vous aime, et que vous ne le haïssez pas; je ne vois pas qu'on puisse être mieux d'accord. Eh! que faut-il de plus pour un bon mariage?

CLITANDRE.

Elle a raison, et je vous donne ma parole que le seul but de mon amour....

LÉPINE.

Allez, je le connois, je vous réponds de lui; il fera bien les choses.

SCÈNE XIX.

CLITANDRE, ANGÉLIQUE, MAUGREBLEU, LÉPINE, MADAME LA ROCHE.

MAUGREBLEU, *ivre.*

Qu'EST-CE que c'est donc que cela, mon capitaine? Vous vous amusez à la moutarde, pendant qu'on vous fait des recrues d'une distinction et d'une utilité....

CLITANDRE.

Oh! que tu es ivre, mon pauvre garçon!

MAUGREBLEU.

Comme de coutume, je ne hausse ni ne baisse; chacun a ses petits talents dans ce monde: vous aimez le cotillon, moi, j'aime la bouteille, et....

MADAME LA ROCHE.

Eh! je crois, dieu me pardonne, que c'est votre frère, madame, dont il y a si long-temps qu'on n'a eu des nouvelles; ce pauvre Charlot!

CLITANDRE.

Comment, son frère?

MAUGREBLEU.

Qui est l'animal qui parle de Charlot? oh! réformez, réformez votre style, s'il vous plait : je suis premier maréchal des logis de la compagnie de ce gentilhomme-là, afin que vous le sachiez.

MADAME LA ROCHE.

Je ne me trompe point, c'est lui-même.

ANGÉLIQUE.

Cet ivrogne-là seroit mon frère?

MAUGREBLEU.

Qu'est-ce à dire, ivrogne, et votre frère, encore? vous me cajolez! vous me voulez attraper. Allons, mon capitaine, ne nous amusons point à ces carognes-là.

LÉPINE.

Madame la Roche a parbleu raison, c'est le fils de mon parrain.

MAUGREBLEU.

Ah! pour toi, je te remets, tu es Lépine, le filleul de mon père, un grand fripon; oui, je te reconnois; mais pour vous autres....

MADAME LA ROCHE.

Vous ne vous ressouvenez pas de madame la
Roche?

MAUGREBLEU.

De madame la Roche? si fait, parbleu; c'étoit
une bonne diablesse. Ne seroit-ce point vous?

MADAME LA ROCHE.

C'est moi-même.

MAUGREBLEU.

Je crois, ma foi, qu'elle n'a point menti; et voici
une vivante qui ressemble à ma sœur: mais non;
si fait, le diable m'emporte, c'est elle-même. Parlez
donc, ho! mon capitaine, bride en main, s'il vous
plaît. Pour madame la Roche, vous irez le galop si
vous pouvez; mais pour ma sœur....

ANGÉLIQUE.

J'ai bien de la confusion que mon frère....

CLITANDRE.

N'en rougissez point, madame, il est honnête
homme, et je me fais honneur de son amitié.

MAUGREBLEU.

Mais je me donne au diable si je comprends rien
à tout ceci. Vous vous connoissez tous, vous vous
rencontrez tous ici, vous vous entendez tous
comme larrons en foire : mon capitaine, qu'est-ce
que cela signifie?

MADAME LA ROCHE.

Que votre capitaine va devenir votre beau-frère.

MAUGREBLEU.

Il va le devenir? Ne l'est-il point déjà? Il ne faut pas que je sache rien de ça, au moins, je vous en assure; car je suis un brutal.

MADAME LA ROCHE.

Au contraire, vraiment, nous prétendons que tout le monde le sache, et que monsieur votre père, qui est ici, en soit informé des premiers.

MAUGREBLEU.

Mon père qui est ici? quel peste de conte! Eh! qu'est-ce qu'il feroit ici, mon père?

LÉPINE.

Ce qu'il y feroit? il y vient prendre possession de la terre qu'il s'est fait adjuger depuis trois semaines.

MAUGREBLEU.

Comment, possession de la terre, mon capitaine? ce maroufle de procureur à qui nous venons donner les étrivières, il se rencontre que c'est mon père? cela est par ma foi drôle.

CLITANDRE.

Quoi! madame, c'est monsieur votre père qui....

ANGÉLIQUE.

C'est lui qui est depuis peu seigneur du château que vous voyez.

MAUGREBLEU.

Cela change la thèse, au moins, et je ne puis
pas en conscience, moi, donner les étrivières à
mon père.

MADAME LA ROCHE.

Que veut-il donc dire?

CLITANDRE.

J'étois ici dans le dessein de troubler son acquisition ; mais je vous assure que bien loin de faire
la moindre démarche....

MAUGREBLEU.

Oh! les choses s'accommoderont, je vois bien
cela : l'acquisition demeurera à mon père, et ma
sœur servira de pot de vin. Pourvu que je trouve
aussi mon petit compte dans ce petit marché-là,
moi.

CLITANDRE.

Vous l'y trouverez. Ma lieutenance est vacante,
je vous la donne.

MAUGREBLEU.

Bon, tant mieux, grand merci, beau-frère : il
n'est morbleu rien tel, pour faire fortune, que le
canal des femmes : et combien de grands officiers
seroient très subalternes, s'ils n'avoient eu de jolies sœurs ou de jolies cousines!

MADAME LA ROCHE.

La grande affaire est à présent de faire consentir votre père.

MAUGREBLEU.

Il consentira à tout, j'en donne sa parole, et le
filleul et moi, nous allons lui faire entendre....

CLITANDRE.

Monsieur de Lépine, au moins, songez....

LÉPINE.

Je comprends, monsieur, je suis payé d'avance:
je travaillerai utilement, sur ma parole. Allez faire
ensemble un petit tour de promenade seulement,
mais fort court, surtout; je vous suis caution qu'à
votre retour les affaires seront bien avancées.

CLITANDRE.

Laissons nos intérêts entre leurs mains : allons
ensemble, madame.

SCÈNE XX.

MAUGREBLEU, LEPINE.

MAUGREBLEU.

Allons, filleul, mène-moi voir mon père, j'ai
impatience d'avoir cet honneur-là; il y a long-
temps que je lui dois une visite.

LÉPINE.

Il ne s'attend à rien moins qu'à celle-ci, et il ne
sera pas mal étonné.

MAUGREBLEU.

Je suis curieux de savoir comment il me rece
vra; il en usa mal avec moi la dernière fois que
nous nous complimentâmes.

LÉPINE.

Le voici avec un de ses confrères, je pense.

SCÈNE XXI.

M. GRIMAUDIN, LE GREFFIER, MAU-GREBLEU, LÉPINE.

LE GREFFIER.

Il faut parler au capitaine, monsieur Grimau-din : il n'est pas naturel qu'on enrôle ainsi trois honnêtes bourgeois qui viennent de bonne foi chez vous pour....

M. GRIMAUDIN.

Ne vous mettez pas en peine, on me les rendra, vous dis-je, ou je ferai sonner le tocsin sur tous ces gens-là. Mes paysans me prêteront main-forte, lais-sez faire.

MAUGREBLEU.

Présente-moi donc, filleul, toi qui es en grâce.

LÉPINE.

Il ne sera pas nécessaire que vous en veniez à ces extrémités-là, mon parrain ; et voilà un des pre-miers officiers de la compagnie qui vient ici vous assurer....

MAUGREBLEU.

Je suis bien votre serviteur, monsieur mon père, et j'ai bien de la joie....

M. GRIMAUDIN.

Comment? Eh! c'est mon fils, c'est ce fripon de Charlot....

MAUGREBLEU.

Fort à votre service, mon père; mais ne m'appelez plus comme cela, je vous prie; cela vous feroit peut-être reprendre avec moi des prérogatives que je supprime. Je m'appelle monsieur Maugrebleu, lieutenant de cavalerie; que cela vous suffise, et plus de familiarité, s'il vous plaît.

M. GRIMAUDIN.

Tu es lieutenant de cavalerie?

MAUGREBLEU.

Et vous seigneur de paroisse? Vous vous poussez dans la robe, je me pousse dans l'épée, ma sœur se pousse.... baste, elle fait aussi fortune à l'heure qu'il est; chacun se pousse à sa manière. Oh! nous sommes une famille bien fortunée, nous autres.

M. GRIMAUDIN.

Qu'est-ce à dire, ta sœur fait fortune?

MAUGREBLEU.

Oûi, mon capitaine l'épouse, je la lui ai donnée en mariage; l'aumônier du régiment, qui est ici, en va faire la cérémonie.

M. GRIMAUDIN.

Ah! ah! voici qui est admirable. Mais j'ai promis ma fille à monsieur que voilà, moi.

MAUGREBLEU.

A ce visage-là? cet animal-là seroit mon beau-frère? je n'en voudrois morbleu pas pour mon palefrenier.

LE GREFFIER.

Monsieur Grimaudin?

LÉPINE.

La guerre donne des sentiments bien nobles et
bien relevés, au moins.

M. GRIMAUDIN.

Mais sérieusement parlant....

MAUGREBLEU.

Couvrons-nous, mon père, et parlons doucement.

LÉPINT.

De peur de vous faire mal, mon parrain.

M. GRIMAUDIN.

Ouais.

MAUGREBLEU.

Vous dites donc, monsieur mon père, que....

M. GRIMAUDIN.

Je dis qu'on n'aura pas ma fille malgré moi, et
que je ne prétends pas....

LÉPINE.

Oh! pour cela, mon parrain, vous êtes dans
votre tort.

M. GRIMAUDIN.

Je suis dans mon tort, moi?

MAUGREBLEU.

Oui, sans contredit. Explique-lui la chose, filleul.

M. GRIMAUDIN.

Je n'ai que faire d'explication, et je....

LÉPINE.

Pardonnez-moi, mon parrain, donnez-vous
patience.

LE GREFFIER.

Votre fils et votre filleul se moquent de vous,
je vous en avertis.

M. GRIMAUDIN.

C'est ce qui me semble ; mais....

MAUGREBLEU.

C'est le neveu et l'héritier de celui sur qui vous
avez fait décréter cette terre-ci, que mon capitaine.

M. GRIMAUDIN.

Oui.

LÉPINE.

Vous comprenez bien, monsieur?

M. GRIMAUDIN.

Quoi! je comprends bien?

LÉPINE.

Vous venez prendre possession de la terre sans
la permission de l'oncle, remarquez bien cela.

M. GRIMAUDIN.

Eh bien?

MAUGREBLEU.

Eh bien! le neveu prend possession de la fille
sans votre permission. Voilà ce que fait le mauvais
exemple.

M. GRIMAUDIN.

Je me moque de cela, et je ne donnerai point
les mains.....

LÉPINE.

Si vous ne faites pas les choses de bonne grâce,
vous ne jouirez pas tranquillement de la terre; ils

sont venus ici pour vous faire déguerpir, je vous
en avertis.

M. GRIMAUDIN.

Est-il possible? me dis-tu vrai?

(*On entend un bruit de hautbois.*)

MAUGREBLEU.

Qu'est-ce que c'est que cette musique-là? nos
hautbois sont de la symphonie, je pense.

SCÈNE XXII.

M. GRIMAUDIN, LE GREFFIER, MAU-GREBLEU, LÉPINE, COLIN.

COLIN.

Eh! venez vite, monsieur, tout le village est
dans la cour du château, qui vient vous faire la
révérence.

M. GRIMAUDIN.

Mais j'avois dit qu'ils attendissent mes ordres
pour....

COLIN.

C'est mademoiselle votre fille et le capitaine de
ces gens d'armes, qu'ils disont qui est votre gendre, qui les avont envoyés pour vous divartir et
pour commencer le prélude de leurs noces.

LÉPINE.

Cela est plus avancé que vous ne croyez, au
moins : et tenez, les voilà, ils vous diront ce qui
en est; ils sont sincères.

SCÈNE XXIII.

M. GRIMAUDIN, LE GREFFIER, MAU-
GREBLEU, CLITANDRE, ANGÉLIQUE,
LÉPINE, MADAME LA ROCHE, COLIN.

M. GRIMAUDIN.

J'APPRENDS ici de jolies choses, mademoiselle
ma fille.

ANGÉLIQUE.

On vous l'a dit, mon père? Je croyois vous en
apporter la première nouvelle. Monsieur veut m'é-
pouser, il a déjà le consentement de mon frère et
le mien; nous venons vous prier d'y joindre le
vôtre, et de....

CLITANDRE.

Si vous voulez jouir paisiblement de la terre de
Gaillardin, monsieur, il faut, s'il vous plait, sous-
crire aux conditions....

M. GRIMAUDIN.

Je souscris à tout, monsieur, pourvu que je demeure seigneur de paroisse, et qu'on me rende tous
les honneurs dus à la qualité de....

MAUGREBLEU.

On vous les rendra. Je vous arme chevalier,
moi. Voilà mon ceinturon, mon épée et mon plu-
met, par-dessus le marché : il faut être chevalier
pour recevoir les hommages du village.

M. GRIMAUDIN.

Écoute, ne raille point ici.

MAUGREBLEU.

Si je raille, que la peste m'étouffe. Voilà notre
famille fort ennoblie. Mon capitaine sera aussi ma
sœur chevalière, il lui donnera tantôt l'accolade.

GRIMAUDIS.

Écoutez, mon gendre, puisque vous voulez
l'être, je prétends....

CLITANDRE.

Vous serez content, et vous allez voir un échan-
tillon de la complaisance qu'auront pour vous, et
les habitants du village, et les cavaliers de ma
compagnie. Qu'on fasse venir ces gens qui sont au
château.

MAUGREBLEU.

Les voici qui viennent d'eux-mêmes.

LE GREFFIER.

Et nos trois enrôlés, que deviendront-ils?

MAUGREBLEU.

Ils n'ont qu'à financer les frais de la noce et de
la cérémonie, je les relâcherai, moi, j'en fais mon
affaire.

LÉPINE.

Et monsieur le greffier, qu'en ferons-nous?

MAUGREBLEU.

Eh! que diable faire d'un greffier? il prendra
patience. Allons, enfants, vive la joie; honneur à
votre nouveau seigneur et au beau père de notre
capitaine.

DIVERTISSEMENT.

Plusieurs paysans et paysannes, un suisse, une suissesse, des procureurs, et des cavaliers en bottes, viennent pour faire honneur à la prise de possession de monsieur Grimaudin.

LA SUISSESSE *chante.*

Que chacun se prépare
A faire de son mieux
En ces lieux,
Fanfare, fanfare, fanfare.

LE CHŒUR *répète.*

Fanfare, etc.

LA SUISSESSE.

Célébrons la victoire
D'un procureur fameux,
Qui de son écritoire
S'est fait un destin glorieux.
Que chacun se prépare, etc.

LE CHŒUR.

Fanfare, etc.

LA SUISSESSE.

En dépit de l'envie,
Sans bombe et sans artillerie,
Il se rend maître d'un château,
Entouré d'un fossé plein d'eau.
Que chacun se prépare, etc.

LE CHŒUR.

Fanfare, etc.

Entrée de la suissesse seule.

UN PROCUREUR CHANTE.

Le village
Vient rend[...]ommage,
Et faire honneur
A son nouveau seigneur.
Tous à la fois,
A haute voix,
Chantons ce personnage,
Et ses fameux exploits.

Entrée du suisse et de la suissesse.

DEUX PROCUREURS CHANTENT ENSEMBLE.

Nous sommes en vacances, confrère,
Faisons bonne chère,
Passons le temps ;
Laissons là toute affaire,
Procès, inventaire,
Moquons-nous de nos clients.
L'affreuse chicane,
Qui rend diaphane
Le pauvre plaideur,
Rend la face
Bien grasse
Au procureur.

Entrée de deux procureurs qui sont insultés par
deux cavaliers, qui leur ôtent leur robe, et les
chassent du théâtre.

UNE PETITE PAYS... E CHANTE.

Aimez ailleurs désormais,
Dit l'autre jour une coquette
A des soupirants de palais ;
Voici la campagne faite,
Hors de cour et de procès.
Jusqu'au temps de la verdure,
Les guerriers de retour,
Nous vont apprendre en amour
Une nouvelle procédure.

Entrée de deux petits paysans, et d'une petite
paysanne.

UNE PAYSANNE CHANTE

Un jour
L'amour
Eut un procès :
En plein palais,
On lui fit rendre
Tous les cœurs qu'il avoit su prendre.
Il a juré depuis ce temps
Que tous les gens
De chicane et de pratique
Qui plaideroient dans sa boutique,
Seroient condamnés aux dépens.

On apporte un fauteuil dans lequel se place monsieur Grimaudin, sous un grand parasol, ayant
à ses côtés deux paysans qui lui servent de
gardes, l'un avec un vieux mousquet, et l'autre
avec une hallebarde rouillée, tous deux en
baudrier et en épée.

UN PROCUREUR CHANTE.

Compagnons, dansons tous un branle
  Jusqu'à demain,
Et que partout on mette en branle
  Cloche et tocsin.
Voici monseigneur Grimaudin
Dans son château du Gaillardin.

LE CHŒUR.

Voici monseigneur Grimaudin
Dans son château du Gaillardin.

LE MAGISTER.

Jamais le gros cheval de Troie
  Fait de sapin,
N'entrit avec plus grande joie
  Chez le Troyen,
Que monseigneur de Grimaudin
Dans son château du Gaillardiu.

LE CHŒUR.

Que monseigneur, etc.

LE BARBIER.

Je suis le barbier du village,
  Nommé Mambrin,

Je raserai le gros visage
　　Et le groin
De monseigneur de Grimaudin,
Dans son château du Gaillardin.

LE CHŒUR.

De monseigneur, etc.

LA MEUNIÈRE.

Sur un bras de votre rivière
　　J'avons du bien,
Et je viens offrir la meunière
　　Et son moulin
A monseigneur de Grimandin,
Dans son château du Gaillardin.

LE CHŒUR.

A monseigneur, etc.

LE PROCUREUR-FISCAL.

Il faut désormais que j'écrive
　　Sur parchemin,
En lettres d'or dans nos archives
　　En beau latin,
Vivat mon parrain Grimaudin,
Dans son château du Gaillardin.

LE CHŒUR.

Vivat son parrain, etc.

MAUGREBLEU.

Amis, c'est trop chanter sans boire.
　　Allons, enfin,
Pour terminer gaiment l'histoire,

Fesser le vin
De mon papa de Grimaudin,
Dans son château du Gaillardin.

LE CHŒUR.

De son papa, etc.

On porte monsieur Grimaudin dans son château,
où il est suivi de tous les acteurs et actrices de
la comédie et du divertissement.

FIN DES VACANCES.

LES CURIEUX

DE COMPIÈGNE,

COMÉDIE,

PAR DANCOURT,

Représentée, pour la première fois, le 4 octobre
1698.

PERSONNAGES.

Le Chevalier de Fourbignac,
Clitandre, } Officiers.

Frontin, valet de Clitandre.

Madame Pinuin, hôtesse des Trois-Rois.

Guillaume, cousin de madame Pinuin.

Madame Robin, bourgeoise de Paris.

Madame Valentin.

Angélique, fille de madame Valentin.

Monsieur Mouflard, marchand de galons d'or.

Monsieur Valentin, marchand de draps.

Un petit greffier.

Plusieurs soldats, officiers, vivandiers, etc.

La scène est au camp de Compiègne.

LES CURIEUX
DE COMPIÈGNE,
COMÉDIE.

~~~~~~

SCÈNE I.

LE CHEVALIER, *seul.*

Oh, cadédis! je n'y comprends rien. Comment,
parçe que j'ai perdu mon argent, je deviens triste
au milieu des plaisirs et des agréments d'un camp
paisible? Eh! où dono est ton esprit, chevalier de
Fourbignac? qu'est-il devenu, mon enfant? crains-
tu de demeurer court, toi donc la cervelle est le
magasin des expédients? Ah! te voilà; bonjour,
l'ami Frontin; comment se porte ton excellence?

SCÈNE II.

FRONTIN, LE CHEVALIER.

FRONTIN.

Fort au service de la vôtre, monsieur le chevalier. Mais vous, comment vous en va?

LE CHEVALIER.

Tu vois, mon enfant, le mieux du monde; toujours gai, gaillard, accablé d'honneurs et comblé
de dettes, sans amour, dieu merci, sans argent, de
par tous les diables.

FRONTIN.

C'est tout comme chez nous, monsieur ; et à l'a-
mour près, dont mon maitre a bonne provision,
vos destinées sont assez pareilles.

LE CHEVALIER.

Oh, cadédis! je le défie d'être aussi gueux que
je le suis : je te parle confidemment ; je fais figure
en apparence, toujours bonne table, beaucoup de
vin, les hautbois du régiment : force bergères de
Paris, quelques provinciales, maintes villageoises
dansent les soirs devant ma tente ; je me donne
ainsi le bal à peu de frais. Je n'ai pas quatre pistoles, et je me divertis toujours, tout coup vaille.

FRONTIN.

Vous êtes heureux d'avoir bon crédit.

LE CHEVALIER.

Sandis, je le prends à telle fin que de raison, et
je ne suis embarrassé que d'une certaine grosse hôtesse, chez qui j'ai mis loger, à mes depens, des
incommodes de Paris, moitié bourgeois, moitié
bourgeoises, qui sont très indiscrètement venus
me rendre ici visite.

FRONTIN.

Eh! de quoi diantre vous avisez-vous de dé-
frayer cette caravane? Ce sont bien là les allures
d'un homme de votre pays.

LE CHEVALIER.

Paix, tais-toi, je la leur garde bonne : ce sont de
bonnes connoissances subalternes de robe, mar-
chands, usuriers pour la plupart : je suis un peu

sur leurs parties, je m'y veux mettre pour davantage, et je leur paie consciencieusement par avance l'intérêt de leur argent, parce que le principal est mal assuré.

FRONTIN.

Cela est de bonne foi pour un chevalier de Gascogne, et je croyois qu'il n'y avoit que mon maitre capable d'une si grande délicatesse de conscience.

LE CHEVALIER.

Comment?

FRONTIN.

Nous sommes dans la même crise que vous, monsieur : monsieur Nicolas Valentin, honnête marchand, qui fournit le régiment, madame Judith Valentin, sa femme, mademoiselle Angélique Valentin, leur fille, avec d'autres bourgeois et bourgeoises des environs de la rue du Roule, se sont avisés de venir voir le camp; monsieur mon maitre, qui est fort libéral, quoiqu'il n'ait pas le double, les a généreusement régalés presque tous les jours. On a fait de grands repas, nous en avons fait les honneurs; mais je serois d'avis d'en laisser payer la dépense à nos bourgeois, qu'en dites-vous?

LE CHEVALIER.

J'opinerois de même pour les miens, si je n'envisageois les suites.

FRONTIN.

Ce qui nous embarrasse le plus, nous autres, c'est que mon maitre est amoureux de mademoi-

11.

selle Valentin la fille; cela nous pique d'honneur, voyez-vous; et il faut ou crever, ou faire bien les choses.

LE CHEVALIER.

Tu as raison. Le voici, ton maître.

SCÈNE III.

CLITANDRE, LE CHEVALIER, FRONTIN.

CLITANDRE.

Ah! mon pauvre Frontin, je suis au désespoir. Bonjour, chevalier, comment te portes-tu?

LE CHEVALIER.

Aussi mal que toi. Qui te désespère?

CLITANDRE.

Je suis dans la plus cruelle situation où je me sois trouvé de ma vie.

LE CHEVALIER.

Eh bien! donne la main, je t'en offre autant, je ne suis pas mieux.

CLITANDRE.

Sais-tu la cause de mes chagrins?

LE CHEVALIER.

Si je la sais? je la ressens comme toi-même; je suis dans le cas, te dis-je.

CLITANDRE.

Toi, chevalier, tu serois amoureux?

LE CHEVALIER.

Amoureux, moi? je ne connois l'amour que chez autrui : ce n'est point par le cœur que nous nous ressemblons, mon ami, c'est par la bourse.

CLITANDRE.

Ah! c'est encore un surcroît à mon malheur; je n'ai pas un sou, mon pauvre chevalier.

LE CHEVALIER.

Amoureux et gueux; ces deux qualités qui, séparément, ne sont pas fort bonnes, c'est bien le diable quand le hasard les met ensemble.

CLITANDRE.

Mon pauvre Frontin! que ferons-nous? parle.

FRONTIN.

Ma foi, je ne sais, monsieur : ce qui me paroît de plus facile, c'est que vous consoliez monsieur le chevalier, que monsieur le chevalier vous console, et que je vous exhorte tous deux à prendre patience; car je ne vois pas que nous soyons en état de nous rendre réciproquement d'autre service.

LE CHEVALIER.

Cadédis, pourquoi nou? Associons nos infortunes et nos savoir-faire : allons, un coup de désespoir, Frontin.

CLITANDRE.

Il n'y a rien que je ne sois capable d'entreprendre pour me tirer de cette affaire.

LE CHEVALIER.

Moi, j'escaladerois le firmament pour en sortir avec honneur.

FRONTIN.

Mais, si vous vous trouvez tant de résolution, il y auroit un moyen....

CLITANDRE.

Quel est-il? parle.

FRONTIN.

Il est un peu scabreux, à la vérité; mais pour franchir un mauvais pas....

LE CHEVALIER.

Explique-toi seulement, dépêche.

FRONTIN.

Ne pourrions-nous point aller en parti sur le grand chemin de Paris? il y auroit là de bons coups à faire.

CLITANDRE.

Tu perds l'esprit, Frontin.

FRONTIN.

Point du tout, monsieur, aux environs d'un camp, il n'y a point de mal d'aller en parti; la curiosité a rendu la bourgeoisie de Paris très-voyageuse; quel inconvénient trouveriez-vous de faire payer aux premiers venus les frais que nous sont venus faire ici leurs camarades?

LE CHEVALIER.

L'expédient me plairoit assez, si je n'appréhendois les conséquences.

FRONTIN.

Mais écoutez, cela peut avoir des suites, vous avez raison, voyez.

CLITANDRE.

Si tu n'imagines pas autre chose, je ne vois pas...

LE CHEVALIER.

Oh, cadédis! je tiens une idée qui vaut, je crois, son pesant d'or.

FRONTIN.

Je ne suis point jaloux de l'invention; parlez.

CLITANDRE.

Dis-nous ce que c'est.

LE CHEVALIER.

Tu ne veux pas te brouiller ouvertement avec ta compagnie bourgeoise, j'ai quelque sorte de ménagement pour la mienne : tout cela est dans les règles, il faut de la bonne foi, de la politesse et du savoir-vivre. Mais.....

FRONTIN.

Où ce *mais* là nous menera-t-il? voyons. -

LE CHEVALIER.

Abandonnons-nous réciproquement nos curieux. Vous ferez ce que vous pourrez des miens; et des vôtres, moi, j'en tirerai raison, sur ma parole.

CLITANDRE.

Que dis-tu de cette imagination, Frontin?

FRONTIN.

Cela m'ouvre l'esprit, monsieur : notre monsieur Valentin, à son négoce près, est un bourgeois aussi bourgeois et aussi neuf....

LE CHEVALIER.

Les miens sont à peu près de même, habiles gens dans leur commerce, mais d'autre part très imbécilles.

FRONTIN.

Voilà de bons sujets, il faudroit un peu raisonner là-dessus.

LE CHEVALIER.

Allez raisonner de ce côté, je vous rejoins dans le moment même.

CLITANDRE.

Qui t'empêche de venir avec nous ?

LE CHEVALIER.

Une grosse hôtesse de ces quartiers, que je vois venir. Comme je lui dois, je la ménage ; et je voudrois bien, en cas de besoin, qu'elle fût femme d'accommodement.

FRONTIN.

Comment ? et c'est madame Pinuin, la maîtresse des Trois-Rois.

CLITANDRE.

Madame Pinuin !

LE CHEVALIER.

Justement. Vous la connoissez ?

FRONTIN.

Si nous la connoissons? Elle a été femme de
charge d'une fille d'opéra, chez qui nous soupions
quelquefois : c'est une fort bonne pâte de femme,
et dans le dessein que nous avons, nous pourrions
bien avoir besoin d'elle.

LE CHEVALIER.

Oui, je vais la mettre dans ma manche, laissez
faire, et retirez-vous, je ne vous ferai pas attendre.

SCÈNE IV.

LE CHEVALIER, MADAME PINUIN.

LE CHEVALIER.

Eu bien! qu'est-ce, la belle hôtesse? Sitôt que
je vous aperçois, j'écarte les importuns, comme
vous voyez, et je connois à votre physionomie que
je ne vous fais pas de chagrin. Sympathiserions-nous
ensemble, quelque tant soit peu, par aventure?

MADAME PINUIN.

Pourquoi non, monsieur le chevalier? J'aime
les gens de bonne humeur; et de tous les Gascons
que j'ai jamais vus, vous me paroissez le plus
drôle et le plus divertissant, je vous assure.

LE CHEVALIER.

Aussi suis-je. Quel goût de femme! devenez
veuve, madame Pinuin, je fais votre fortune; devenez veuve, encore une fois, et je vous épouse.

MADAME PINUIN.

Que je devienne veuve ! il y a trois ans que je le
suis, monsieur.

LE CHEVALIER.

Comment, vous l'êtes ? Quoi ! ce gros vivant qui
ordonne tout dans la maison, qui tranche, qui
taille, qui rogne....

MADAME PINUIN.

Ce n'est que mon compère, monsieur le chevalier.

LE CHEVALIER.

Votre compère ? Eh bien ! devenez veuve du
compère, et nous ferons nos conditions.

MADAME PINUIN.

Il n'y a point de conditions à faire entre vous
et moi. J'ai d'autres vues pour vous, monsieur le
chevalier, je veux faire votre fortune à vous qui
m'offrez de faire la mienne.

LE CHEVALIER.

Ma fortune, à moi ? cadédis, je vous mets à
même, parlez.

MADAME PINUIN.

Avez-vous le cœur libre, monsieur le chevalier ?

LE CHEVALIER.

Si j'ai le cœur libre ? j'entends ; j'ai fait quelque
passion dans le pays : et cadédis, pauvre chevalier, ne seras-tu jamais corrigé de trop d'ascendant
sur les dames ?

MADAME PINUIN.

Cela viendra, ne vous affligez point, et dites-
moi naturellement si vous pouvez disposer de
vous.

LE CHEVALIER.

En faveur de qui, ma chère enfant ? Si c'est une
vieille, néant, je suis loué ; si c'est une jeune, nous
passerons bail quand il lui plaira.

MADAME PINUIN.

Ce n'est point un bail dont il est question, c'est
un bon contrat de mariage.

LE CHEVALIER.

Bail ou contrat, je ne dispute point des termes,
sachons seulement qui ce peut être.

MADAME PINUIN.

C'est madame Robin.

LE CHEVALIER.

Qui ? cette gaillarde bourgeoise qui a toujours
un pied en l'air ?

MADAME PINUIN.

Elle-même, justement.

LE CHEVALIER.

Eh ! c'est la maîtresse de monsieur Mouflard, un
de ces messieurs que j'ai logés chez vous ; c'est
avec lui qu'elle est venue de Paris, ils sont fiancés
depuis quatre jours.

MADAME PINUIN.

Elle se défiancera si vous voulez, l'air du camp
lui a donné une noble aversion pour son fiancé,

et un goût pour tout ce qui s'appelle homme
d'épée.

LE CHEVALIER.

Oh! cadédis, le goût est trop général.

MADAME PINUIN.

Vous en profiterez seul, et de trente mille écus
d'argent comptant que je vous offre de sa part,
aux conditions de l'épouser.

LE CHEVALIER,

Trente mille écus, madame Pinuin! je ne me
sens point de répugnance dans cette affaire. Agis
donc, achève, termine, je me repose sur tes soins,
et sur mon mérite : elle m'aime sans trop me connoitre; quand elle me connoitra, qui pourroit-elle
me préférer?

MADAME PINUIN, *à part.*

Il n'a pas mauvaise opinion de sa petite personne.

LE CHEVALIER,

Écoute, au moins, vois où tu m'embarques, je
compte là-dessus; si l'affaire manque, il faudra me
faire crédit, je t'en avertis. Sans adieu, mon aimable hôtesse.

MADAME PINUIN.

Jusqu'au revoir, monsieur le chevalier.

SCÈNE V.

MADAME PINUIN.

L'AFFAIRE ne manquera pas, à ce que je prévois; la dame est éprise du Gascon, le Gascon est fort épris des trente mille écus. Oh! par ma foi, monsieur Mouflard, vous vous repentirez à Compiègne de m'avoir refusé crédit à Paris, quand je n'étois que femme de chambre.

SCÈNE VI.

GUILLAUME, MADAME PINUIN.

GUILLAUME.

SARVITEUR à la couseine Pinuin; comment se porte-t-elle? Est-ce qu'alle est devenue folle? il m'est avis qu'alle parle toute seule.

MADAME PINUIN.

Je réfléchissois sur certaines petites affaires.

GUILLAUME.

Parguenne, vous les faites bian, vos petites affaires, et vous êtes une futée commere pour une compiégnoise.

MADAME PINUIN.

Hélas! monsieur Guillaume, vous n'êtes pas trop nigaud pour un Picard, et vous entendez assez bien vos petits intérêts, aussi bien que moi.

GUILLAUME.

Dame, acoutez, quand je sommes une fois déniaisés, nous autres Picards, je ne nous change-

rions pas contre certains badauds qui n'avont rian
vu : tatigué, la plaisante engeance !

MADAME PINUIN.

Vous n'avez pas mal fait votre compte avec eux,
et le voisinage du camp ne vous a point apporté
de dommage.

GUILLAUME.

Oh! pour sti-là, non : je me sis avisé de tenir
cabaret dans note farme; c'est un bon métier, con-
seine, n'an gagne ce qu'on veut : j'avons morgué
eu du monde jusque dans nos étables, et si ils y
couchiont tretous sur de la litière à vingt sous par
tête tant qu'ils en vouliont. Oh! morgué, j'ai bian
vendu mes denrées.

MADAME PINUIN.

Eh! n'est-il pas juste que ces curieux de Paris
paient un peu cher le plaisir de voir un camp?

GUILLAUME.

Parguenne, ils seriont encore trop heureux
quand il leur en coûteroit dix fois davantage : ils
avont vu une armée une fois, comme alle campe,
comme alle file, comme alle marche, comme alle
décampe, comme alle.... que sais-je, moi? Tatigué,
quand ils seront retournés cheux eux, comme ils
débagouleront tout ça dans leur voisinage !

MADAME PINUIN.

Ceux qui ne l'auront pas vue seront fâchés d'en
avoir manqué l'occasion, je gage.

GUILLAUME.

Ça se pourra fort bian pour les hommes, encore
passe, n'an leur pardonne; mais ces bourgeoises,
que venont-elles faire ici?

MADAME PINUIN.

La curiosité est plus pardonnable aux femmes
qu'aux hommes, et....

GUILLAUME.

Eh, fi! morgué, c'est se moquer, la curiosité est
parmise à de certaines femmes; mais à des mar-
chandes, à des cabaretières, à des procureuses, est-
ce que c'est leur besogne de quitter leur ménage et
de s'en venir à l'armée?

MADAME PINUIN.

Il y a quelque chose à dire à cela, vous avez
raison.

GUILLAUME.

Il y a morgué de ces masques-là qui avont fait
garder la maison aux procureux pendant qu'alles
s'en venont ici courir la pretantaine avec des mai-
tres clercs.

MADAME PINUIN.

Cela n'est pas bien.

GUILLAUME.

Je voudrois, parguenne, pour la rareté du fait,
qu'on en fît tant seulement passer queuque dimi-
douzaine par les baguettes, ça leur apprendroit à
demeurer cheux elles.

MADAME PINUIN.

C'est dommage que le cousin n'ait pas grande autorité, il s'en serviroit bien judicieusement.

GUILLAUME.

Tatiguenne, oui, je n'aime point les sottes gens, et je ne sis jamais plus ravi que quand on les barne.

MADAME PINUIN.

Cela est de bon sens.

GUILLAUME.

Tenez, couseine, j'étois ces jours-ci dans la joie de mon cœur.

MADAME PINUIN.

Et à propos de quoi?

GUILLAUME.

Deux nigauds qui logioni cheux nous, un avocat et un apothicaire.....

MADAME PINUIN.

Eh bien?

GUILLAUME.

Ils avions morgué de biaux justaucorps tout chamarrés d'or, et ils étiont montés comme des Saints-Georges; ils faisiont les olibrius dans les commencements; mais ils avont le caquet bian rabattu, à l'heure qu'il est.

MADAME PINUIN.

Comment donc?

GUILLAUME.

Des aigrefins de ce camp les avont fait jouer, et ils leur avont gagné tout l'argent, les justaucorps

et les montures; les badauds s'en retournont en
veste à Paris par des chemins de travarse, et si ils
ne feront pas grand'chêre sur la route. Morgué,
que c'est bian fait!

MADAME PINUIN.

Mais ces gens-là, dont vous vous moquez, vous
apportent de l'argent, cousin.

GUILLAUME.

Bian entendu, voirement; je profite de leurs
sottises, mais je m'en gobarge. Ainsi va le monde;
ça est-il défendu?

MADAME PINUIN.

Non, vraiment.

GUILLAUME.

Il y a encore cheux nous des originaux à qui j'ai
opignion qu'on jouera queuque pièce.

MADAME PINJIN.

Et qui sont-ils, ces originaux-là?

GUILLAUME.

Je ne sais morgué pas bian; mais ils sont de la
connoissance d'un certain officier que je vians charcher ici, et ce certain officier a un certain valet.
Eh, pargué! le velà, tenez, couseine : ce n'est morgué pas un sot que ce drôle-là.

MADAME PINUIN.

Non, vraiment; c'est un garçon de ma connoissance, et vous me ferez plaisir de me laisser avec
lui.

GUILLAUME.

Oui; mais, quand vous en aurais fait, vous me le
livrerais; j'ai aussi queuque affaire avec li, moi,
couseine.

SCÈNE VII.

FRONTIN, MADAME PINUIN, GUILLAUME.

FRONTIN.

Ah! ah! c'est vous, monsieur Guillaume?

GUILLAUME.

Votre maître m'a dit que je me trouvisse ici
qu'il avoit queuque chose à me dire; et comme ces
parsonnes qu'il a logées cheux nous s'en allont demain, je crois qu'ils ne demanderont point à compter; je voudrois bian savoir ou d'eux ou de li, qui
me baillera de l'argent, car je suis homme d'accommodement, il ne n'importe pas qui m'en baille,
pourvu que j'en aie.

FRONTIN.

Vous en aurez; je réglerai cela, moi. Quand
boirons-nous ensemble?

GUILLAUME.

Pargué, tout à l'heure, le plus tôt vaut le mieux;
finissez avec la couseine, je m'en vois cheux alle
faire tirer du meilleur; si vous tardez trop, je boi-
rai tout seul en vous attendant, et vous me trou-
verais peut-être ivre. Sans adieu, monsieur Frontin; votre valet, couseine.

SCÈNE VIII.

FRONTIN, MADAME PINUIN.

FRONTIN.

Quoi! c'est votre cousin que ce monsieur Guillaume, madame Pinuin?

MADAME PINUIN.

Fort à votre service, monsieur Frontin.

FRONTIN.

Ce gentilhomme-là ne fait point de déshonneur à la famille, au moins; et je crois qu'avec un peu de vos lumières, il pourroit faire quelque chose dans le monde.

MADAME PINUIN.

S'il avoit pris quelques-unes de vos leçons, seulement.

FRONTIN.

J'ai envie de lui en donner, pour voir, et de lui faire faire dès aujourd'hui son apprentissage. Mais toi, en faveur de l'ancienne connoissance, serois-tu d'humeur à rendre un bon office à mon maître?

MADAME PINUIN.

De tout mon cœur. De quoi s'agit-il?

FRONTIN.

Je vais te l'expliquer; il est amoureux, premièrement.

MADAME PINUIN.

Amoureux? Mais écoute donc, Frontin.

FRONTIN.

Oh! il n'est pas ici question d'un mariage d'o-
péra, nous avons des vues raisonnables.

MADAME PINUIN.

Sur ce pied-là, tu n'as qu'à parler : quel est
l'objet de son amour?

FRONTIN.

Une petite personne qui, avec son père et sa
mère, est logée chez le cousin Guillaume.

MADAME PINUIN.

Et quelles gens sont-ce que le père et la mère?

FRONTIN.

Le père est monsieur Valentin, un honnête
homme, marchand, de nos amis; et la mère.... la
mère.... est femme du père.

MADAME PINUIN.

Je comprends cela; mais, si ton maître est dans
le dessein d'épouser leur fille, il leur fait honneur.
Quelles difficultés y a-t-il à vaincre? je n'y en vois
pas, pour moi.

FRONTIN.

Tu n'y en vois pas? je vais t'y en faire trouver,
moi, donne-toi patience. Cet honnête marchand
est un bourgeois fort riche, et mon maître est un
gentilhomme fort gueux.

MADAME PINUIN.

Cela rend l'affaire épineuse; tu as raison.

FRONTIN.

Autre difficulté : le bonhomme sait le mauvais
état de nos affaires; il a aidé lui-même à les déran-

ger, en nous vendant très-cher à crédit de mauvaises marchandises, qu'il nous faisoit revendre comptant à très bon marché, et en nous prêtant quelquefois cent pistoles dans le besoin, dont il tiroit des billets de mille écus.

MADAME PINUIN.

Mais vraiment, c'est un usurier que ce marchand-là.

FRONTIN.

Un usurier? Oh! parlez mieux, c'est bien un fripon, madame Pinuin.

MADAME PINUIN.

Et ton maitre veut épouser la fille d'un fripon?

FRONTIN.

Le père est un fripon, mais la fille est un bon parti : ces sortes de mariages ne sont pas sans exemple.

MADAME PINUIN.

Mais que puis-je là-dedans, moi? Quel est l'emploi que tu me destines?

FRONTIN.

Celui d'apprendre à la petite fille que mon maitre est amoureux d'elle.

MADAME PINUIN.

Comment, elle n'en est pas informée?

FRONTIN.

Non, mon enfant, on ne s'est encore fait que des mines de part et d'autre, et outre que nous ne savons pas bien si elle entend les nôtres, nous ne comprenons pas trop ce que les siennes signifient.

MADAME PINUIN.

Quoi! vous n'avez pu ménager un moment de conversation, trouver le moyen de rendre un billet?

FRONTIN.

Non, la mère est un diable qui ne la quitte pas; c'est une de ces bourgeoises de la vieille roche, une pie-grièche, un dragon surveillant, qu'il n'y a pas moyen d'endormir, et que tu auras peine à tromper toi-même, quelque talent et quelque expérience que tu aies.

MADAME PINUIN.

Il faudra donc que cela soit bien difficile.

SCÈNE IX.

FRONTIN, MADAME ROBIN, MADAME PINUIN.

MADAME ROBIN.

Ah! la charmante chose, la magnifique chose, qu'une armée! le délicieux séjour que celui d'un camp!

FRONTIN.

Quelle est cette femme? la connois-tu? dis.

MADAME PINUIN.

Paix, tais-toi, c'est une riche bourgeoise, que je veux faire épouser au chevalier de Fourbignac.

FRONTIN.

Ah! je sais ce que c'est, il vient de nous le dire.

MADAME ROBIN.

On ne doit plus se soucier de mourir quand on
a vu cela. Pour moi, je ne me sens pas, je suis ravie, je me meurs de plaisir, je me meurs de plaisir,
je me meurs de plaisir.

MADAME PINUIN.

Comment donc? qu'avez-vous, madame? Est-ce
que le camp vous donne des vapeurs?

MADAME ROBIN.

Ah! ma chère madame Pinuin, il se fait dans mon
cœur et dans mon esprit des révolutions à quoi je
ne m'étois pas attendue : je suis dans des ravisse-
ments! Quel charmant spectacle! madame Pinuin,
quel charmant spectacle!

FRONTIN.

On ne voit point de cela à Paris, madame.

MADAME ROBIN.

Oh! vraiment non, il y a bien de la différence.
Nous vîmes avant-hier passer tous les équipages de
l'armée; il n'y a point d'ambassadeur qui en ait un
si beau.

MADAME PINUIN.

Non assurément, ni de si nombreux, madame.

MADAME ROBIN.

Cela est vrai, au moins. Que de chevaux! que
de chariots! que de mulets!

FRONTIN.

Que de harnois! que de grelots! que de son-
nettes! madame.

MADAME ROBIN.

Oui! quel agréable tintamarre! la satisfaisante chose! quel ordre! quelle magnificence! Cela plaît, cela charme, cela ravit; que cela est beau! que cela est grand! que cela est excellent! que cela est superbe!

MADAME PINUIN.

Vous n'avez pas de regret à votre voyage, madame?

MADAME ROBIN.

Non, je t'assure; y a-t-il rien de plus gracieux que tout ce que j'ai vu? Ce mélange de bataillons confus, ces escadrons épars, ces officiers, ces valets, ces vivandiers, ces gens de condition.

FROSTIN.

Il y a là de la marchandise à choisir: c'est une belle foire, n'est-ce pas, madame?

MADAME ROBIN.

Je ne m'étonne pas s'il y vient tant de monde.

MADAME PINUIN.

Et moi je ne suis pas surprise qu'après avoir vu tant de belles choses, la bourgeoisie soit si peu de votre goût.

MADAME ROBIN.

Ah! je t'ai fait confidence de ma foiblesse, la bourgeoisie me put horriblement à l'heure qu'il est, et je m'aimerois mieux simple cavalière, que la plus honorable bourgeoise de Paris.

FRONTIN.

Les voyages font bien les gens, madame Pinuin.

MAD'ME ROBIN.

N'as-tu point vu ce petit badin de chevalier?

MADAME PINUIN.

Si je l'ai vu?

MADAME ROBIN.

Paix, parle bas.

MADAME PINUIN.

Ne craignez rien, on peut tout dire devant cet honnête garçon-là.

FRONTIN.

Oui, madame, je suis des amis de monsieur le chevalier, confident ordinaire de toutes les bourgeoises suivant l'armée.

MADAME ROBIN.

Tu n'as pas mal d'occupation. (*A madame Pinuin.*) Eh bien, mon enfant?

MADAME PINUIN.

Eh bien! madame, vous devez être la personne du monde la plus contente; monsieur le chevalier m'a prévenue sur tout ce que je m'étois proposée de lui dire de votre part, il est amoureux de vous à la folie.

MADAME ROBIN.

Le petit fripon!

FRONTIN.

Elle vous a dit vrai, madame, il me l'a dit aussi, à moi : c'est bien la passion la plus pétulante.

MADAME ROBIN.

Je n'en fais jamais d'autre, et je me suis toujours bien doutée qu'il m'en vouloit. Depuis huit jours que nous sommes ici, il n'a jamais manqué l'occasion de me dire les plus jolies choses, les plus jolies choses. Oh! nous avons beaucoup de sympathie; il est si bouffon, si bouffon dans la conversation; moi, je suis si folle, si folle dans mes manières.

MADAME PINUIN.

Si ce mariage-là se fait, madame, vous deviendrez le charme de la garnison.

MADAME ROBIN.

De la garnison? de la garnison? Quoi, monsieur le chevalier me mènera en garnison?

FRONTIN.

Oui, vraiment, et sur la frontière même; et comme il est un des plus anciens officiers du régiment, le moins que vous puissiez espérer, c'est de vous trouver au premier jour la commandante d'un bataillon.

MADAME ROBIN.

La commandante d'un bataillon? Je commanderois un bataillon, moi, sur la frontière? mais, ma chère madame Pinuin!

MADAME PINUIN.

Cela vaut bien mieux que de ne commander qu'à des garçons de boutique.

MADAME ROBIN.

Il n'y a pas de comparaison, vraiment. Ah! je ne sais pas ce que je ne donnerois point pour être défaite de ce vilain monsieur Moufflard.

FRONTIN.

Nous nous en déferons, madame, ne vous mettez pas en peine, j'en ai bien expédié d'autres.

MADAME ROBIN.

Oui, mais je ne voudrois pas qu'on le tuât; car cela me feroit des affaires.

FRONTIN.

Non, non, madame.

MADAME ROBIN.

Il est bon d'avoir un peu de conduite dans la vie.

FRONTIN.

Nous n'en manquerons pas plus que vous, madame, laissez-nous faire.

MADAME ROBIN.

Faites donc, mes enfants, faites; mais réussissez. Je vais retrouver ma tante et ma sœur, pour leur faire part de ma bonne fortune et tâcher, en me promenant, de rencontrer ce petit étourdi de chevalier. Ma chère madame Pinuin!

MADAME PINUIN.

Madame!

MADAME ROBIN.

Je serai commandante d'un bataillon en garnison, moi, sur la frontière! Que je vais faire des miennes! que je vais faire des miennes! que je vais faire des miennes!

SCÈNE X.

FRONTIN, MADAME PINUIN.

FRONTIN.

Voilà une belle folle, au moins, et je ne sais si c'est rendre un bon office au chevalier.

MAD'ME PINUIN.

Et, mort de ma vie! c'est l'argent qu'il épouse, ce n'est pas la folle, ne te mets pas en peine.

SCÈNE XI.

LE CHEVALIER, FRONTIN, MADAME PINUIN.

LE CHEVALIER.

Eh, cadédis! l'ami Frontin, tu t'endors, je pense, ou, tout au moins, tu t'oublies auprès des charmes de ma chère hôtesse. A quoi diantre songes-tu donc?

FRONTIN.

A vos affaires, monsieur.

MADAME PINUIN.

Nous n'avons parlé d'autre chose, et si vous étiez venu de ce côté, vous auriez trouvé madame

Robin toute charmée de l'espérance qu'elle a de vous posséder.

LE CHEVALIER.

La pauvre femme! je l'adore. Les trente mille écus sont comptant, au moins?

MADAME PINUIN.

Et sans cela, seroit-elle adorable? Allez-vous-en la joindre, monsieur, et prenez soin de l'entretenir dans les agréables idées que nous lui avons données de son bonheur.

LE CHEVALIER.

Laisse-moi faire; je veux la ravir en extase. Mais écoute, Frontin, le Mouflard et le Valentin n'ont plus guères à rester ici.... Il faudroit se hâter.

FRONTIN.

Eh! allez, monsieur, quand ils partiroient demain, nous leur donnerons ce soir un petit bal d'armée pour leur faire nos adieux; songez seulement à vous rendre au plus tôt dans la tente de mon maître.

LE CHEVALIER.

Tu peux compter que j'y suis déja; j'y cours, j'y vole, et j'y mène la dame Robin, dont je me nantis par avance.

SCÈNE XII.

MADAME PINUIN, FRONTIN.

MADAME PINUIN.

Tu n'as maintenant qu'à me faire connoître la femme et la fille de monsieur Valentin, je trouve-

rai bientôt les moyens d'apprendre à la petite personne ce qu'il faut qu'elle sache, et de pénétrer ce
qu'elle a dans l'âme.

FRONTIN.

Nous ne te demandons pas autre chose. Eh, parbleu! je crois que les voilà; le hasard nous les a-
mène ici le plus à propos du monde : cela est d'un
heureux présage pour notre entreprise.

MADAME PINUIN.

Où te trouverai-je?

FRONTIN.

Dans notre tente : tu sais bien où campe le régiment?

MADAME PINUIN.

Bon; n'y déjeunâmes-nous ˌ as l'autre jour ensemble? Les voilà qui approchent; laisse-moi, tu
auras bientôt de mes nouvelles.

SCÈNE XIII.

MADAME VALENTIN, MADAME PINUIN, ANGÉLIQUE.

MADAME VALENTIN.

Ah! que je suis lasse de tout ceci! quel chari-
vari! quelle peste de cohue! Votre père est un plaisant animal, vraiment, de nous avoir fait faire un
si sot voyage.

MADAME PINUIN.

Madame, je suis votre très humble servante.

MADAME VALENTIN.

Je suis la vôtre, madame.

ANGÉLIQUE, *à part.*

Frontin étoit avec cette dame-là, et elle me fait des signes, cela veut dire quelque chose : ne seroit-elle point des amies de son maitre?

MADAME VALENTIN.

Hem, plait-il? quoi?

ANGÉLIQUE.

Rien, ma mère.

MADAME VALENTIN.

Eh bien! qu'est-il devenu, ce visage-là? Son animal de frère, votre imbécille de tante, son grand benèt de fils, qui ne nous donne pas seulement la main, où tout cela s'est-il fourré? il faudra les attendre, cela est bien agréable. Ah! que je suis lasse de tout ce train-ci, que j'en suis lasse! hem?

(*Madame Valentin surprend madame Pinuin, qui fait des signes à Angélique.*)

MADAME PINUIN.

Vous êtes madame Valentin, madame, apparemment?

MADAME VALENTIN.

Oui, je suis madame Valentin. (*A Angélique.*) Baissez les yeux, petite fille.

MADAME PINUIN.

Et madame Valentin de très mauvaise humeur, si je ne me trompe?

MADAME VALENTIN.

Oh! pour cela, oui, je vous en réponds.

MADAME PINUIN.

Hélas! ma chère madame, que je vous trouve changée!

MADAME VALENTIN.

Changée, madame? voilà un fort sot compliment, et je ne suis point en âge de paroître changée.

MADAME PINUIN.

Ah, vraiment! c'est en bien que vous l'êtes, madame, et vous embellissez à vue d'œil.

MADAME VALENTIN.

Comment, j'embellis? Tredame, madame, un visage taillé comme le mien n'a pas grand besoin d'embellir.

MADAME PINUIN.

Ne vous fâchez donc point, madame, ce n'est pas mon dessein.

MADAME VALENTIN.

J'étois à quinze ans tout aussi aimable que je le suis, madame, et si vous m'aviez vu au Jasmin-Fleuri, dans la boutique de feu mon papa.... C'étoit moi qu'on appeloit la belle parfumeuse, afin que vous le sachiez.

MADAME PINUIN.

Eh! vraiment, oui, je le sais bien; c'est de ce temps-là que j'ai l'honneur de vous connoître, madame.

MADAME VALENTIN, *à Angélique.*

Eh bien donc? Tenez-vous droite, bouvière.

MADAME PINUIN.

Vous avez là une aimable enfant, madame, qui paroît bien sage et bien élevée.

MADAME VALENTIN.

Elle? c'est une sournoise que son père me gâte.

MADAME PINUIN.

Vous songez bientôt à la marier, sans doute?

MADAME VALENTIN.

A la marier, madame! à la marier! cela ne presse pas.

ANGÉLIQUE.

Oh! vraiment, non, madame, je n'ai encore que seize ans, et ma mère n'a été mariée qu'à trente-neuf.

MADAME VALENTIN.

Eh bien! tenez, cette impertinente, avec ses seize ans et ses trente-neuf; on va s'imaginer que j'en ai soixante : je ne vous mènerai jamais avec moi, votre père aura beau dire et beau faire.

MADAME PINUIN.

Je ne vous conseillerois pourtant pas, madame, de la laisser seule en ce pays-ci, surtout; l'air d'une armée est si dangereux, et pour des jeunes personnes de Paris encore! Dès qu'il s'en égare quelqu'une dans ce camp, pour trois ou quatre jours seulement, il faut savoir toutes les sottises qu'on en dit.

MADAME VALENTIN.

Je le crois bien, vraiment; mais pour moi, je veille la mienne de près, et je ne crains pas que le voyage du camp fasse aucun tort ni à sa réputation, ni à la mienne.

MADAME PINUIN.

Oh! je sais dans quelle retenue et dans quelle contrainte vous l'élevez, madame, et cela est fort louable, je vous assure.

ANGÉLIQUE.

Et fort chagrinant pour moi, madame, qu'on n'ait pas assez bonne opinion de ma conduite....

MADAME VALENTIN.

Je la crois fort bonne; mais le soin que j'en prends ne la rendra pas plus mauvaise.

MADAME PINUIN.

Non, assurément; on ne sauroit prendre trop de précautions pour empêcher de jeunes personnes de répondre aux témoignages d'estime et de tendresse que de jeunes gens peuvent leur donner.

MADAME VALENTIN.

Je suis toujours en garde là-contre.

MADAME PINUIN.

Et vous faites fort bien; le siècle est si perverti, et les hommes d'aujourd'hui sont si rusés et si adroits....

MADAME VALENTIN.

Je défie qui que ce soit de m'attraper.

ANGÉLIQUE.

Il faudroit être bien fin, à moins que de se faire
entendre avec des mines....

MADAME VALENTIN.

Vous entendez les mines, mademoiselle ma fille?

ANGÉLIQUE.

C'est vous qui m'avez montré à les entendre,
ma mère.

MADAME VALENTIN.

Je vous ai montré cela, moi?

ANGÉLIQUE.

Oui, vraiment ; ne faites-vous pas presque toujours la grimace à mon père?

MADAME VALENTIN.

Eh bien?

ANGÉLIQUE.

Eh bien! ma mère, cela veut dire que vous êtes
fâchée, n'est-ce pas? et par conséquent, un visage
gracieux doit signifier que l'on est contente.

MADAME PINUIN.

Il n'y a rien de plus naturel.

MADAME VALENTIN.

Elle ne manque pas d'esprit, au moins.

MADAME PINUIN.

Si jamais elle est sensible à l'amour, elle en aura
bien plus encore.

ANGÉLIQUE.

Je n'en aurai jamais davantage, madame, je
vous assure.

MADAME PINUIN.

Quoi! si vous aviez un amant, incertain de sa destinée, que quelque personne s'intéressât à s'en éclaircir, vous trouveriez moyen de lui faire sa voir....

ANGÉLIQUE.

Oui, madame, je l'instruirois de mes sentiments, et en présence de ma mère même.

MADAME VALENTIN.

En ma présence?

MADAME PINUIN.

Je le voudrois, pour la rareté du fait; cela seroit trop plaisant.

MADAME VALENTIN.

Je ne lui conseillerois pas de s'y hasarder.

ANGÉLIQUE.

Quoi! vous trouveriez mauvais, ma mère, que j'avouasse naturellement que je ne suis point insensible à une passion respectueuse?

MADAME VALENTIN.

Personne n'a de passion pour vous, mademoiselle; voilà des discours inutiles.

ANGÉLIQUE.

Si quelqu'un en avoit, ma mère, des desseins honnêtes et des vues raisonnables lui seroient aisément trouver le chemin de mon cœur. (*A madame Pinuin.*) Mais sans l'aveu de ma famille, madame, il ne devroit jamais rien prétendre.

MADAME PINUIN.

Que cela est soumis! que cela est respectueux!
Vous devez être bien contente de cette belle en-
fant-là, madame?

MADAME VALENTIN.

Voilà ce que fait-la bonne éducation, cela ne
fera jamais que ce que je voudrai.

MADAME PINUIN.

Je suis si charmée, que je voudrois faire durer
la conversation jusqu'à demain. Quoi! sans l'aveu
de vos parents, on n'auroit donc rien à espérer,
mademoiselle?

ANGÉLIQUE.

Non, madame, je vous assure.

MADAME PINUIN.

Vous n'êtes pas charmée d'entendre cela, madame? (A Angélique.) Et si vous aviez des parents
bizarres qui s'opposassent à votre bonheur, qui
voulussent forcer votre inclination?

ANGÉLIQUE.

Je n'ai rien à craindre de ce côté-là, madame.

MADAME PINUIN.

Il n'y a pas d'apparence, vous avez raison; mais
il arrive des choses si peu prévues, quelquefois.
Supposons que cela fût. (A madame Valentin. Avec
tout son esprit, je vais l'embarrasser, je gage.)
Quelqu'un qui vous aimeroit tendrement et qui en-
treprendroit tout pour vous posséder, vous défen-
driez-vous de pardonner à ce quelqu'un-là?....

ANGÉLIQUE.

Eh! madame, l'amour ne doit-il pas pardonner tout ce que l'amour fait entreprendre?

MADAME PINUIN.

La pauvre enfant! voilà une jolie maxime, n'est-ce pas, madame?

MADAME VALENTIN.

Non, vraiment, elle n'est point jolie, et je la trouve fort impertinente, au contraire.

MADAME PINUIN.

Impertinente, madame! un pauvre amant seroit ravi de savoir qu'on pense cela.

ANGÉLIQUE.

Ah! je voudrois de tout mon cœur que vous en connussiez quelqu'un, madame, je vous permettrois tout de ce pas de lui aller dire.

MADAME PINUIN.

Oh! je n'y manquerois pas, je vous en réponds. Votre très humble servante, madame Valentin; adieu, mademoiselle.

SCÈNE XIV.

MADAME VALENTIN, ANGÉLIQUE.

MADAME VALENTIN.

Voilà une drôlesse qui a la langue bien pendue, à ce qu'il me semble, et vous êtes aussi furieusement jaseuse : elle fera bien de n'y pas revenir.

ANGÉLIQUE.

Elle me paroit si bonne personne et de si bon conseil! je crois, pour moi, ma mère, qu'il y auroit beaucoup à profiter avec elle.

MADAME VALENTIN.

Je le crois, il y auroit à profiter; mais je ne veux point que vous fassiez de ces profits-là.

SCÈNE XV.

M. MOUFLARD, MADAME VALENTIN, ANGÉLIQUE.

M. MOUFLARD.

Ah! je n'en puis plus, j'en mourrai de chagrin. Mais voyez ces brutaux, ces canailles!....

ANGÉLIQUE.

Eh! ma mère, voilà monsieur Mouflard, notre voisin; il est déguisé en gentilhomme aussi bien que mon père : nous ne sommes pas les seuls qui ayons fait le voyage du camp, comme vous voyez.

MADAME VALENTIN.

Je le crois bien, vraiment : s'il n'y avoit que votre père d'extravagant dans tout le quartier, ce seroit un beau miracle.

M. MOUFLARD.

Ah! si l'on m'y attrape.

MADAME VALENTIN.

Bonjour, monsieur Mouflard.

M. MOUFLARD.

Votre valet, madame Valentin.

14.

ANGÉLIQUE.

Vous paroissez bien houspillé : vous est-il arrivé quelque chose de fâcheux, monsieur Mouflard?

M. MOUFLARD.

Ah! mademoiselle Angélique, me voilà bien
revenu de l'estime et de la considération que
j'avois pour l'armée.

MADAME VALENTIN.

Comment donc?

M. MOUFLARD.

Toute la revue s'est aujourd'hui déchainée pour
me faire pièce.

ANGÉLIQUE.

Vous venez de voir la revue?

M. MOUFLARD.

Je viens de voir le diable, je n'ai rien vu.
J'étois avec trois messieurs que vous connoissez,
mon beau-frère le miroitier, mon cousin le bon-
netier, et mon neveu le notaire, tous bien vêtus,
avec de grandes épées, et des plumets rouges,
même.

ANGÉLIQUE.

Avoient-ils aussi bonne mine que vous, monsieur Mouflard?

M. MOUFLARD.

Pas tout-à-fait, mais il ne s'en falloit guères, et
avec tout cela, je crois que tout le monde s'étoit
donné le mot pour nous reconnoître.

ANGÉLIQUE.

Est-il possible?

M. MOUFLARD.

Il faut bien que cela soit ; car, de quelque côté que nous allassions, j'entendois toujours : *Tirez, bourgeois, fi les vilains, à la boutique.* Cela n'est point plaisant à essuyer, au moins.

MADAME VALENTIN.

Non vraiment, cela est fort ridicule.

M. MOUFLARD.

Et les maudites hallebardes. Ah! les vilaines armes, madame Valentin, les vilaines armes !

ANGÉLIQUE.

Vous en paroissez bien mécontent, seriez-vous blessé ?

M. MOUFLARD.

Non pas dangereusement ; mais ces brutaux de sergents ne croient que vous faire signe de vous ranger, et ils vous assomment.

MADAME VALENTIN.

Allez, mon pauvre monsieur Mouflard, vous en voilà quitte à bon marché.

M. MOUFLARD.

Ah! ce qui me chagrine le plus, c'est le cousin et le beau-frère, que j'ai persécutés pour faire le voyage, et qu'on a mis en chemise : leurs femmes ne me le pardonneront jamais.

ANGÉLIQUE.

On les a mis en chemise ?

M. MOUFLARD.

Oui, nous nous sauvions de régiment en régiment, pour éviter le tumulte et le scandale ; il est désagréable de se faire des affaires avec une armée, voyez-vous?

MADAME VALENTIN.

Il faut céder à la force; vous avez raison.

M. MOUFLARD.

En chemin faisant nous sommes malheureusement tombés dans un diable de bataillon, dont les officiers étoient à peu près vêtus comme ces deux messieurs.

ANGÉLIQUE.

Cela vous devoit faire respecter.

M. MOUFLARD.

Cela a fait tout le contraire : quatre grands pendards de soldats leur ont fait une querelle d'Allemand, sur ce qu'ils ont contrefait les habits uniformes du régiment; ils les ont dépouillés en un clin d'œil, et on les a mis au drapeau pour vingt-quatre heures.

MADAME VALENTIN.

Mais cela ne se fait point, il faut s'aller plaindre; il y a bonne justice.

M. MOUFLARD.

Il faut s'aller plaindre? Se plaindra qui voudra; pour moi, je pars demain, et de grand matin même. Jusqu'au revoir, mesdames.

ANGÉLIQUE.

Nous nous retrouverons à Paris, monsieur Mouflard.

M. MOUFLARD.

Oui, mais nous ne nous retrouverons jamais au
camp, sur ma parole. Ah! la vilaine chose qu'une
revue! la vilaine chose! je n'en verrai de ma vie,
pas même à la plaine de Grenelle.

SCÈNE XVI.

MADAME VALENTIN, ANGÉLIQUE.

MADAME VALENTIN.

Ah! que votre père mériteroit bien qu'il lui en
arrivât autant! Voyez un peu ce vieux fou, planter
là sa femme et sa fille, pour aller voir des tambours
et des trompettes, des chevaux, des mousquets,
des hommes et des piques; car ce n'est que cela
dans le fond : ne voilà-t-il pas une belle curiosité?

ANGÉLIQUE.

Voilà mon père.

SCÈNE XVII.

M. VALENTIN, MADAME VALENTIN,
ANGÉLIQUE, FRONTIN.

M. VALENTIN.

Mon cher monsieur Frontin, que je vous ai
d'obligations!

FRONTIN.

Oh! point du tout, monsieur, je vous assure.

M. VALENTIN.

Ah! c'est toi, ma petite femme, ma mie, je te
croyois avec mon neveu. Pourquoi nous as-tu
quittés? Tu as bien perdu, va.

MADAME VALENTIN.

C'amon, vraiment, *tirez, bourgeois, à la boutique :* cela est bien plaisant, de s'aller faire dire
au nez de ces sottises-là?

M. VALENTIN.

Ah! ah! cela est vrai, on a crié cela, et tout auprès de moi : mais ce n'étoit pas à moi que cela
s'adressoit au moins.

MADAME VALENTIN.

Non, car cela ne vous convient pas, aussi-bien
qu'aux autres?

FRONTIN.

Oh! il y a bourgeois et bourgeois, madame, et
monsieur Valentin est un homme aussi respecté
parmi les troupes....

M. VALENTIN.

J'ai rencontré monsieur Frontin le plus heu-
reusement du monde; et sous ses auspices, j'ai vu
assez commodément tout ce qui se pouvoit voir.

FRONTIN.

Vous vous moquez, monsieur : je suis seulement fâché de vous avoir voulu faire passer im-
prudemment par cet endroit que gardoient ces
deux sentinelles.

M. VALENTIN.

C'étoit notre plus court.

FRONTIN.

Cela est vrai ; mais, en prenant le plus long, cela vous auroit épargné les bourrades que ces brutaux-là vous ont données.

MADAME VALENTIN.

Des bourrades, monsieur Valentin ?

M. VALENTIN.

Oh ! j'ai fort bien soutenu cela, je ne me suis point déferré ; je les aurois forcées, si j'avois voulu.

FRONTIN.

Vous avez bien fait de ne le pas vouloir.

MADAME VALENTIN.

Le beau plaisir de faire vingt lieues pour se faire battre par des sentinelles !

M. VALENTIN.

Je vous dis que je m'en suis fort bien tiré, encore une fois.

FRONTIN.

Oui, oui, madame ; et tout cela se seroit fort bien passé, monsieur, sans ce brutal d'aide-major, qui vous a fort vilainement appliqué une vingtaine de coups de canne en passant là.

MADAME VALENTIN.

Une vingtaine de coups de canne ?

ANGÉLIQUE.

Comment, mon père ?

M. VALENTIN.

C'est une méprise, il l'a fait par mégarde : cet aide-major-là est un de mes amis, et qui me doit de l'argent même ; il ne me voyoit que par le dos,

quand il frappoit; dès que j'ai retourné le visage
et qu'il m'a reconnu, il s'est mis à rire comme un
fou, il n'étoit point du tout fâché contre moi.

FRONTIN.

Monsieur votre mari a l'esprit bien fait, madame
Valentin; vous devez être bien heureuse avec cet
honnête homme-là.

M. VALENTIN.

Savez-vous bien ce qui me chagrine le plus de
tout cela, monsieur Frontin?

FRONTIN.

Eh quoi, monsieur?

M. VALENTIN.

C'est le coup de pied que ce cheval m'a donné
dans l'estomac.

FRONTIN.

Écoutez, ce cheval-là pourroit bien l'avoir fait
exprès, lui; car il vous a vu au visage.

M. VALENTIN.

Enfin, tout compté, tout rabattu, je suis fort
content de mon petit voyage; et après tout ce que
j'ai vu, je commanderois une armée, en cas de besoin; il n'y a rien de plus facile.

SCÈNE XVIII.

M. VALENTIN, MADAME VALENTIN, GUIL-LAUME, FRONTIN, ANGÉLIQUE.

GUILLAUME.

Ah! palsangué, monsieur Frontin, je nous allons bian rire.

FRONTIN.

Comment donc? qu'est-il arrivé, monsieur Guillaume?

GUILLAUME.

Parguenne, il y a une douzaine d'officiers à qui on a baillé ordre de faire la recharche de tous les curieux qui se trouveront ici et qui n'y avont que faire.

FRONTIN.

La recherche des curieux qui n'ont que faire ici? Et pourquoi cela, monsieur Guillaume?

GUILLAUME.

Morgué, n'an les mettra tretous sur le cheval de bois; n'an dit que ce sont des espions.

MADAME VALENTIN.

Monsieur Valentin?

ANGÉLIQUE.

Sur le cheval de bois, mon père?

M. VALENTIN.

Fi donc! vous êtes folles; cela ne me regarde point, je ne suis point un espion.

GUILLAUME.

Tatigué, vous en avez pourtant bian la meine · dame, acoutez, songez à votre conscience; autant de grimpé, il n'y a pas là de façons.

M. VALENTIN.

Mais, voyez cet animal, avec son grimpé.

FRONTIN.

Il ne sait ce qu'il dit, monsieur; il n'y a jamais eu de cheval de bois dans un camp.

GUILLAUME.

Ou en a fait faire tout exprès.

M. VALENTIN.

Tout exprès, monsieur Frontin?

FRONTIN.

On fera entendre raison à ces officiers-là, monsieur, ne vous mettez pas en peine.

GUILLAUME.

Oh! palsanguenne, oui, raison; ils n'écoutent raison que le lendemain, et ils feront toujours monter à cheval la veille. Oh! ces gens-là abrègent bian la procédure.

MADAME VALENTIN.

Il faut partir, monsieur Valentin, regagnons Paris. Je serois au désespoir, si, par quelque mal entendu, il vous arrivoit un accident à Compiègne.

M. VALENTIN.

Vous me feriez enrager, madame Valentin. On me connoit une fois, quand je dirai qui je suis...

FRONTIN.

Au pis-aller, monsieur, si on vous faisoit ce
chagrin-là, il ne dureroit pas, du moins ; mon
maître a des amis, et vous ne seriez pas là plus de
trois ou quatre heures.

SCÈNE XIX.

MADAME VALENTIN, M. VALENTIN, LE
CHEVALIER, FRONTIN, GUILLAUME,
FUSILLARD, QUATRE SOLDATS avec des per-
tuisanes.

LE CHEVALIER.

DOUCEMENT, camarades, point de tumulte ni
de méprise, et qu'on fasse les choses dans l'ordre.

GUILLAUME.

Ah! tatigué, velà un de ces persécuteurs de curieux, je gage ; vous n'avez, morgué, qu'à vous
bian tenir.

M. VALENTIN.

Ne vous éloignez pas, ma femme ; tenez-vous
auprès de moi, ma fille ; ne nous quittez pas, monsieur Frontin.

FRONTIN.

Non, non, monsieur, laissez-moi faire. (A part.)
Voilà un bourgeois bien en sûreté!

LE CHEVALIER.

Ah, cadédis, la déplaisante occupation! sera-ce
bientôt fait? que je suis las de ces corvées! Eh!
Boisansoif, Fusillard, la Taillade?

FUSILLARD.

Monsieur?

LE CHEVALIER.

Combien avons-nous déja de messieurs les curieux à cheval?

FUSILLARD.

Dix-neuf, je pense, et un que voilà, que nous
y aurons bientôt mis, ce sera la vingtaine.

M. VALENTIN,

Monsieur Frontin, ce n'est point une raillerie,
vraiment.

FRONTIN.

Paix, je connois cet officier-là; laissez-moi faire.
Monsieur, je vous donne le bonjour.

LE CHEVALIER.

Ton valet, Frontin. Qui sont ces gens? connois-
tu ce visage?

MADAME VALENTIN.

Comment, visage?

M. VALENTIN.

Taisez-vous, ma femme, ne vous faites point
d'affaires.

LE CHEVALIER.

Il a mauvaise physionomie.

FRONTIN.

C'est pourtant un fort honnête homme, un des
intimes amis de mon maître.

LE CHEVALIER.

Quand il seroit l'intime du diable. Allons, enfants, que l'on commence par s'en assurer.

M. VALENTIN.

Eh! monsieur, faites-moi la grâce de m'écouter.

LE CHEVALIER.

Il fait rébellion, je pense? qu'on me lui fende
l'estomac de trente coups de pertuisanes.

M. VALENTIN.

Eh! monsieur, ayez pitié de moi; je suis un honnête bourgeois, qui fournit je ne sais combien de
régiments.

LE CHEVALIER.

Un bourgeois dans cet équipage? déguisé dans
un camp? pris en flagrant délit, le procès est tout
fait.

M. VALENTIN.

Mais, monsieur....

LE CHEVALIER.

Ne voyez-vous pas bien vous-même que vous
êtes trop bien vêtu pour rester à pied? Allons, enfants, que l'on fasse venir en cérémonie une monture pour ce galant homme.

MADAME VALENTIN.

C'est mon mari, monsieur l'officier.

ANGÉLIQUE.

C'est mon père, monsieur.

LE CHEVALIER.

Votre mari? votre père? Les aimables personnes! A votre considération, mesdames, on ne lui
mettra que vingt livres pesant de boulet à chaque
jambe.

15.

M. VALENTIN.

Miséricorde! Eh! mon pauvre monsieur Frontin, où est votre maitre? c'est lui qui m'a fait venir ici, cela crie vengeance.

FRONTIN.

Cela est bien chagrinant, je vous l'avoue; tâchez de ne point monter à cheval sitôt, je m'en vais le chercher.

M. VALENTIN.

Ah, le maudit voyage! qu'on se va moquer de moi! le maudit voyage!

SCÈNE XX.

(Marche de soldats, de vivandiers, de bourgeois, de bourgeoises et de paysannes, qui apportent en cérémonie un cheval de bois.)

M. VALENTIN, MADAME VALENTIN, ANGÉLIQUE, GUILLAUME, LE CHEVALIER.

M. VALENTIN.

Ouais, tout ceci est trop bien concerté pour être naturel, c'est un tour qu'on me joue, assurément.

MADAME VALENTIN.

Hom! que c'est bien employé!

M. VALENTIN.

Vous tairez-vous?

LE CHEVALIER.

Allons, mon cher monsieur, sans façon, donnez la main, que je vous serve d'écuyer, venez.

M. VALENTIN.

Monsieur, ceci n'est qu'une plaisanterie que vous voulez me faire, je le vois bien ; mais tout en riant vous allez me déshonorer, et le ridicule m'en demeurera.

LE CHEVALIER.

Comment, une plaisanterie ? Oui, riez, et bien fort, je vous le conseille ; nous perdons ici le temps. Holà ! eh ! Fusillard ?

SCÈNE XXI.

M. MOUFLARD, CLITANDRE.

M. MOUFLARD, *entre deux soldats.*

Je ne fais point de résistance, monsieur ; mais que je sache du moins pourquoi l'on m'arrête ?

CLITANDRE.

On vous le dira ; marchez, monsieur, marchez.

SCÈNE XXII.

FRONTIN, M. VALENTIN, M. MOUFLARD, LE CHEVALIER, GUILLAUME, CLITANDRE, MADAME VALENTIN, ANGÉLIQUE.

FRONTIN.

Ah ! monsieur, il y a une heure que je vous cherche ; où diable êtes-vous donc ? Voilà le pauvre monsieur Valentin qu'on prend pour un espion.

M. VALENTIN.

Oui, monsieur, vous savez ce qui en est ; tenez, ils me veulent faire grimper là-dessus.

M. MOUFLARD.

Et moi. monsieur le chevalier, on me mène en
prison sans que je sache pourquoi.

LE CHEVALIER.

On vous arrête aussi, monsieur Mouflard? Ah,
eadédis! la cruelle affaire!

GUILLAUME.

Ils le mettront morgué en croupe darrière vous,
ne vous chagreinez point.

CLITANDRE.

Écoute, chevalier, voilà ton ami, voilà le mien.
j'ai les mêmes ordres que toi, l'un me répondra de
l'autre.

FRONTIN.

Si vous montez celui-ci, nous monterons celui-
là par représailles.

GUILLAUME.

Eh! jarnigué, laissez-les à pied tous deux, pis
qu'ils s'y trouvont bian; ils aimeront peut-être
mieux porter la tarre à cette fortification que n'an
va faire.

M. MOUFLARD.

Porter la terre! Eh! monsieur le chevalier, ayez
pitié de moi.

M. VALENTIN.

Me laisserez-vous recevoir cet affront-là, monsieur Clitandre?

CLITANDRE.

Un peu d'humanité, mon pauvre chevalier.

LE CHEVALIER.

Mais un peu de réflexion, toi : cela ne peut manquer d'être su, l'ordre est exprès; si nous y manquons, demain nous voilà cassés, je t'en avertis. Eh! donc, qui nous dédommagera de cet inconvénient?

M. MOUFLARD.

Ah! s'il ne tenoit qu'à de l'argent, j'ai quatre-vingt-dix louis dans ma bourse.

M. VALENTIN.

Et j'en ai cent trente, moi, monsieur.

CLITANDRE.

Vous vous moquez de nous, je pense, avec votre argent.

LE CHEVALIER.

Ce n'est point l'intérêt qui nous gouverne, à moins qu'on ne nous fasse un établissement solide.....

M. MOUFLARD.

Un établissement solide!

M. VALENTIN.

Tout mon bien n'y suffiroit pas.

LE CHEVALIER.

Oh! que si fait, voilà votre fille; que mon ami l'épouse.

M. VALENTIN.

Qu'il épouse ma fille!

LE CHEVALIER.

Vous hésitez? Eh! donc, rien n'est trop avancé; voyez.

M. VALENTIN.

Madame Valentin?

MADAME VALENTIN.

Que ma fille épouse un homme de guerre! j'aime mieux que vous soyez pendu, monsieur Valentin.

GUILLAUME.

La bonne femme que velà!

ANGÉLIQUE.

Et moi, ma mère, je suis d'un bien meilleur naturel; pour tirer mon père d'un mauvais pas, il n'y a rien que je ne sois capable de faire.

M. VALENTIN.

Ma chère enfant!

LE CHEVALIER.

La pauvre petite personne! elle en épouseroit vingt, en cas de besoin, pour faire plaisir à son père.

MADAME VALENTIN.

Je me moque de cela, moi, et je ne consentirai point....

LE CHEVALIER.

Oh! si vous faites la rétive, je vous mets à dada, vous, maman Valentin.

MADAME VALENTIN.

Hom!

CLITANDRE.

Y consentirez-vous sans répugnance? et puis-je me flatter....

LE CHEVALIER.

Répugnance ou non, te voilà pourvu; mais moi,
je reste, et monsieur Mouflard n'a point de fille.

GUILLAUME.

Eh bian! palsanguenne, épousez sa femme; il y
a une madame ici qui ne l'est pas encore, mais que
n'an dit qui alloit bientôt l'être : faut-il tant de
façons? qu'alle devienne la vôtre.

LE CHEVALIER.

Madame Robin? l'avis n'est pas mauvais, je m'en
accommode.

M. MOUFLARD.

Mais il ne dépend pas de moi, monsieur...

LE CHEVALIER.

Il ne dépend pas de vous? A cheval, monsieur
Mouflard, à cheval : allons, enfants, le boute-selle.

(*Les hautbois sonnent le boute-selle.*)

M. MOUFLARD.

Eh! voilà madame Robin, monsieur, qu'elle y
consente; je voudrai tout ce qu'elle voudra, moi,
je vous le promets.

SCÈNE XXIII.

LE CHEVALIER, MADAME PINUIN, GUIL-
LAUME, MADAME ROBIN, M. MOU-
FLARD, etc.

LE CHEVALIER.

En bien! voilà parler raison. Approchez, aimable personne. Que la voilà gracieusement dé-
guisée!

MADAME PINUIN.

C'est pour faire honneur à un certain petit bal
dont on nous a parlé.

GUILLAUME.

Oh! tatiguenne, il est bien, question de bal,
couseine; velà monsieu Mouflard que n'an va
mettre sur le cheval de bois, à moins que madame
n'épouse monsieur le chevalier.

MADAME ROBIN.

On feroit un tel affront à monsieur Mouflard,
lui que j'aime plus que ma vie?

M. MOUFLARD.

Eh bien! monsieur, je ne lui fais pas dire, comme
vous voyez.

LE CHEVALIER.

Sa destinée dépend de vous. Allons, tôt, déci-
dez, charmante.

MADAME ROBIN.

Je ne balance point; et pour faire plaisir à monsieur Mouflard, je me détermine à tout ce que vous voudrez. Voilà ma main, monsieur le chevalier.

M. MOUFLARD.

Comment, madame?

LE CHEVALIER.

Le boute-selle, monsieur Mouflard.

M. MOUFLARD.

Mais nous sommes liés, madame et moi, par des engagements.

LE CHEVALIER.

Oh, cadédis! fussiez-vous liés du nœud gordien, je le coupe, c'est mon affaire; et nous ne nous quitterons pas que toutes nos conventions ne soient bien signées de part et d'autre, je les garde à vue.

M. MOUFLARD.

Pour moi, je veux m'en retourner à Paris, je me déplais trop ici.

GUILLAUME.

Oh! palsangué, vous y resterais; vous êtes un incivil, monsieur Mouflard: ces messieurs vous aurriont fait l'honneur de vous voir à cheval, il faut bian que vous leur fassiez sti de les voir marier.

LE CHEVALIER.

C'est excellemment bien parler. Que les plaisirs succèdent à la crainte : nous avons ici des hautbois, bonne compagnie. Allons, Frontin, ce petit bal d'armée que nous avons tantôt projeté; et nous irons ensuite souper tous ensemble chez le cousin

Guillaume, où il aura soin de faire trouver un notaire.

GUILLAUME.

Oh! parguenne, oui, je vous en réponds. Si tous les curieux qui n'avont que faire au camp y sont régalés comme ceux-ci, les officiers ne seront morgué pas ruinés de ces visites-là, sur ma parole.

DIVERTISSEMENT.

M. TOUVENEL.

Le bruit éclatant des trompettes
Et le son bruyant des tambours,
  Dans ces aimables retraites
  Ne menacent point nos jours.
Venez, bourgeois, venez, grisettes,
Venez, guerriers, venez, coquettes,
Tout invite aux plaisirs, aux festins, aux amours.

Entrée de quatre officiers.

MADAME ROBIN.

Que j'aime un camp près de Paris,
Là le plaisir vous accompagne,
Et l'on y trouve des maris
    Choisis, polis,
    De tous pays.
Pour moi, je prétends, si je vis,
Tous les mois faire une campagne.

LE CHEVALIER.

Heureuse madame Robin,
Il n'étoit fait que pour Bellone

Ce cœur si fier que je vous donne ;
Rendez grâce à votre destin.
De cette gaillarde aventure
Que direz-vous, race future ?
L'amour a mis dans le milieu d'un camp
Le cœur d'un Gascon à l'encan.

Entrée de madame Robin et d'un officier.

AIR.

Beautés qui dans le champ de Mars
Cherchez à faire des conquêtes,
   Au milieu de ses fêtes
   Vous courez bien des hasards.
Prenez le parti du mystère ;
Et si vous voulez toujours plaire,
Ce n'est point au son du tambour
Que vous devez faire l'amour.

Entrée de deux officiers et d'une paysanne.

BRANLE.

M. TOUVENEL.

Que de bourgeois viennent à l'aventure
Voir dans le camp la guerre en miniature,
         Qui,
      Si ce n'étoit en peinture,
      Se tiendroient bien loin d'ici ! Qui, etc.

GUILLAUME.

Je fons ici d'une façon courtoise
De très grand cœur accueil à la bourgeoise ;

Mais,
.D'une manière grivoise,
Je régalons le bourgeois.   Mais, etc.

MADEMOISELLE DESMARRES.

Monsieur Mouflard, vraiment c'est grand dommage,
Qu'un peu trop tard la guerre vous engage;
Car,
Si vous aviez du courage,
On vous prendroit pour César.

LE CHEVALIER.

On a parlé de camp et de revues,
Bourgeoises sont aussitôt accourues;
Pour
Travailler à des recrues,
Qui pourront servir un jour.

FRONTIN.

D'exploits guerriers on voit ici l'image;
Et si d'assaut on prenoit quelque ouvrage,
Les
Bourgeoises du voisinage
Verroient l'action de près.

MADAME ROBIN.

Mons Valentin, vous avez la figure
D'aller bien loin pour peu que le camp dure,
Point,
Notre bête est d'une allure
Qui n'avance pas chemin.

GUILLAUME.

Vous aviais là une noblo monture;
Un grand dada de fort belle encolure;
          Ouais,
    La selle eût été bian dure
    Pour des darrières bourgeois.

FIN DES CURIEUX DE COMPIÈGNE.

LE
MARI RETROUVÉ,

COMÉDIE,

PAR DANCOURT,

Représentée, pour la première fois, le 25 octobre
1698.

PERSONNAGES.

JULIEN, meunier.

JULIENNE, sa femme.

COLETTE, leur nièce.

CLITANDRE, amant de Colette.

LÉPINE, valet de Clitandre.

MADAME AGATHE, amoureuse de Charlot.

CHARLOT, amoureux de Colette.

LE BAILLI.

MATHURIN, garçon du moulin.

La scène est au moulin.

LE
MARI RETROUVÉ,
COMÉDIE.

~~~~~~~~~~~~~~~~~~~~~~~~~~~~~~

SCÈNE I.

CLITANDRE, LÉPINE.

LÉPINE.

Ma foi, monsieur, c'est une sotte chose que l'amour; convenez-en de bonne foi. Tant que vous n'avez été que libertin, vous avez vécu le plus heureux homme du monde : pourquoi diantre changer des manières dont vous vous êtes si bien trouvé ?

CLITANDRE.

Que veux-tu que je fasse, mon pauvre Lépine ? Il ne dépend pas de moi de résister aux charmes de l'aimable Colette ; et son mérite et sa beauté me paroissent dignes d'une fortune bien plus considérable que celle que je puis lui faire.

LÉPINE.

Comment diable ! voilà une passion bien sérieuse, au moins, et pour la petite nièce d'une meunière encore. Cette aventure-là fera du bruit, monsieur; et ce sera un des beaux chapitres du roman de votre vie.

CLITANDRE.

C'en sera la conclusion, mon enfant; et je borne tous mes désirs, toute ma félicité au seul plaisir de me faire aimer d'une si charmante personne.

LÉPINE.

Eh fi donc! monsieur : c'est bien à moi qu'il faut dire cela.

CLITANDRE.

Je te dis vrai.

LÉPINE.

Quoi! vous qui avez passé de si doux moments dans les plus agréables compagnies de la province, vous qui êtes la coqueluche de tout le Gâtinois, et les délices de toutes les coquettes de Montargis, vous allez vous borner ici, et vous amuser à filer le parfait amour dans un moulin? Vous vous moquez, je pense.

CLITANDRE.

Je ne me moque point; je m'abandonne à ma destinée. Je n'ai jamais rien vu de plus aimable que Colette, et jamais je n'aimerai qu'elle.

LÉPINE.

C'est-à-dire que vous voilà déterminé à ne vous point marier; car apparemment vous ne voulez pas faire de la petite meunière autre chose qu'une maîtresse?

CLITANDRE.

Pourquoi non? Est-ce la naissance qui doit déterminer au choix d'une femme? C'est le mérite et la vertu qui font des mariages; et je trouve dans

la personne de Colette tout ce qu'il faut pour me
rendre heureux.

LÉPINE.

Puisque vous êtes dans ce goût-là, monsieur,
j'en suis ravi, je vous assure; je vous en félicite,
et je pourrai bien avoir l'honneur de devenir votre
oncle.

CLITANDRE.

Comment, mon oncle?

LÉPINE.

Oui, monsieur : madame Julienne la meunière
est, comme vous savez, la tante de votre charmante Colette.

CLITANDRE.

Eh bien?

LÉPINE.

Eh bien, monsieur, je trouve dans la personne
de la tante tout ce que vous trouvez dans celle de
la nièce; et comme je ne m'oppose point à votre
satisfaction, vous ne voudrez pas mettre obstacle
à ma petite fortune peut-être?

CLITANDRE.

Quelles visions tu te mets dans la tête! Toi,
épouser madame Julienne! il faut auparavant
qu'elle devienne veuve.

LÉPINE.

Oh! elle l'est, monsieur; le meunier est défunt,
sur ma parole.

CLITANDRE.

Tu ne sais ce que tu dis, cela n'est point.

LÉPINE.

Que diantre seroit-il donc devenu? On l'a assommé quelque part, sur ma parole; tout le monde le croit, du moins; et il faut que madame Julienne en soit bien sûre, elle; car, depuis quelques jours elle est d'un contentement, d'une gaieté....

CLITANDRE.

Je lui pardonnerois de ne le pas regretter un fou, un imbécile, qui, sans la résistance de sa femme, auroit rendu sa pauvre petite nièce malheureuse!

LÉPINE.

Il prétendoit la marier à monsieur le bailli, et ce monsieur le bailli n'a pas encore renoncé tout-à-fait à ses prétentions.

CLITANDRE.

Il peut se flatter tant qu'il lui plaira; mais la tante est dans mes intérêts.

LÉPINE.

Vos affaires sont en bonne main; c'est une maîtresse femme. La voici, monsieur.

SCÈNE II.

JULIENNE, CLITANDRE, LÉPINE.

JULIENNE.

Votre servante, monsieur Clitandre. Eh bien! qu'est-ce? Etes-vous toujours bien amoureux de ma nièce? Tarminerons-je cette affaire-là? Il ne faut point tant barguigner; je ferons le contrat

quand vous voudrez. A quand la noce? Que j'y
danserai de bon cœur! Je ne me suis jamais sentie
si fort en joie.

LÉPINE.

Oh! le bon homme Julien est trépassé, il n'y a
pas de milieu.

CLITANDRE.

Que je suis ravi, ma chère madame Julienne.
de vous trouver dans ces sentiments! Si ceux de
votre charmante nièce m'étoient aussi favorables....

JULIENNE.

Seriez-vous encore à vous en apercevoir? et depuis un mois que son bourru d'oncle a quitté le
moulin, n'avez-vous pas eu tout le temps, et toute
la commodité de lui conter vos raisons, et de savoir ce qu'elle a dans l'âme?

CLITANDRE.

Je crois lire, dans ses yeux et dans ses manières,
qu'elle n'est pas insensible à ma tendresse; mais j'ai
beau la presser de consentir à l'union que vous
voulez faire, l'éloignement de votre mari, le dessein qu'il avoit de lui faire épouser ce malheureux
bailli, la crainte où elle est qu'à son retour il ne
fasse éclater son ressentiment contre vous....

JULIENNE.

De quoi se mêle-t-elle? sont-ce là ses affaires? Je
veux le fâcher, moi; je veux qu'il me querelle, en
cas qu'il revienne, da; car....

Théâtre. Comédies. 3.

LÉPINE.

Oh! madame Julienne sait bien ce qu'elle fait, monsieur.

JULIENNE.

Oh! pour cela, oui : j'ai toujours voulu être la maitresse. Quand Julian me faisoit l'amour, il m'a tant dit qu'il étoit mon serviteur, que je n'en ai jamais voulu démordre. Du depuis que je sommes mariés, il a voulu faire le maître; oh, dame, je nous sommes trouvés deux; je nous sommes querellés, je nous sommes battus; aussi, ça fait que je ne nous aimons guères. A la parfin, je li ai fait déserter la maison, et de cette manière-là je suis demeurée la maîtresse, moi, comme vous voyez.

LÉPINE.

Si la nièce suit l'exemple et les leçons de la tante, vous allez faire un beau mariage, monsieur.

CLITANDRE.

Paix, tais-toi.

JULIENNE.

M'en croirez-vous, monsieur Clitandre? servez vous de l'occasion. Vous aimez Colette, alle est gentille, alle a de bon bian, j'ons vingt mille francs à elle, ça est bon à prendre : je vous la veux bailler, parce que Julian la vouloit bailler à un autre. Si, par aventure, je n'avois plus parsonne qui m'obstinit, je changerois d'avis peut-être, et vous en enrageriais, je gage.

CLITANDRE.

Oui, je serois au désespoir si vous deveniez con-

faire à mon amour. J'adore votre aimable nièce;
je fais tout mon bonheur de la posséder : dispo-
sez-la seulement à ce mariage; nous en ferons,
quand il vous plaira, la cérémonie.

JULIENNE.

Dame, acoutez; je prétends que ça fasse fracas
dans le pays, et que tout le monde sache que vous
serez mon neveu.

CLITANDRE.

Je m'en fais trop de plaisir, pour ne m'en pas
faire honneur, je vous assure.

JULIENNE.

Bon, tant mieux; le bailli en crevera de dépit,
et je m'en vais faire prier de la noce toutes les meunières des environs, pour qu'elles aient la rage au
cœur de voir Colette devenir grosse madame.

LÉPINE.

La bonne personne que madame Julienne!

JULIENNE.

Il faut faire les fiançailles dès aujourd'hui, monsieur Clitandre; je baillerai le festin, moi : ayez-
nous des ménétriers, tant seulement.

LÉPINE.

C'est mon affaire à moi, je m'en charge.

CLITANDRE.

Et moi, je vais avertir ma famille de la résolution que j'ai prise, les inviter à venir prendre part
à mon bonheur; et je me rends ensuite auprès de

votre charmante nièce, pour ne la quitter de ma
vie.

JULIENNE.

L'aimable petit homme! Adieu, mon neveu.

SCÈNE III.

JULIENNE, LÉPINE.

JULIENNE.

CETTE parenté-là ne fera point déshonneur à la
profession, monsieur de Lépine.

LÉPINE.

Non, vraiment, et voilà votre moulin illustré,
madame Julienne.

JULIENNE.

Vous ne sauriez croire le plaisir que ça me fait;
et si pourtant je ne sis pas glorieuse.

LÉPINE.

Un peu d'ambition n'est pas blâmable.

JULIENNE.

Ça ne me tourmente point; et je voudrois que
mon pauvre mari fût mort, an verroit bian que ce
n'est pas la vanité qui me gouvarne.

LÉPINE.

Vous ne seriez pas fâchée d'être veuve, madame
Julienne?

JULIENNE.

Il m'est avis que non, monsieur de Lépine : je
crois que ça est drôle; je ne l'ai jamais été, ça me

seroit nouviau, et les femmes ne haïssont pas la nouviauté, comme vous savez.

LÉPINE.

Non, vraiment

JULIENNE.

S'il étoit vrai, comme chacun dit, que Julian fût défunt.... Je ne lui souhaite point de mal, le ciel m'en présarve.

LÉPINE.

Vous avez le cœur trop bon pour cela, assurément; mais, si le mal étoit arrivé par aventure.....

JULIENNE.

Oh, dame! en cas de ça, Dieu veuille avoir son âme, cet homme-là m'a bian tourmentée.

LÉPINE.

Vous ne vous remarieriez pas, je gage?

JULIENNE.

Vous croyez cela, monsieur de Lépine?

LÉPINE.

Oui : vous vous êtes si mal trouvée de ce mari-là....

JULIENNE.

Eh! voirement, ce seroit pour être mieux que je voudrois en prendre un autre.

LÉPINE.

Cela est de fort bon sens.

JULIENNE.

N'est-il pas vrai?

17.

LÉPINE.

Il faudroit bien prendre garde au choix que vous feriez.

JULIENNE.

Il est déja tout fait, monsieur de Lépine.

LÉPINE.

Il est déja fait? quelle précaution de femme!

JULIENNE.

Oh, dame! je ne suis point une barguigneuse, moi.

LÉPINE, à part.

Parbleu, c'est à moi qu'elle en veut, je l'avois bien prévu, je serai l'oncle de mon maitre.

JULIENNE.

Dès que je sis menacée de queuque accident, je songe d'abord au remède, voyez-vous.

LÉPINE.

C'est fort prudemment fait. Et quel heureux mortel, madame Julienne, seroit l'antidote de votre veuvage?

JULIENNE.

Un bon garçon, de qui je serai la fortune, monsieur de Lépine.

LÉPINE.

C'est moi.

JULIENNE.

Jeune et de bonne himeur.

LÉPINE.

Justement, c'est moi.

JULIENNE.

Beau, bien fait.

LÉPINE.

Oh! c'est moi, sans contredit.

JULIENNE.

Et de qui je suis sûre que je ferai ce que je voudrai.

LÉPINE.

Oui, madame Julienne, je vous en réponds, et vous me verrez toujours l'homme du monde le plus amoureux et le plus reconnoissant.

JULIENNE.

Je vous verrai amoureux! de qui? et reconnoissant! de quoi?

LÉPINE.

De toutes les bontés que vous avez pour moi.

JULIENNE.

Eh! voirement, je n'en ai point; ce n'est pas vous que ça regarde.

LÉPINE.

Ce n'est pas moi....

JULIENNE.

Eh, fi donc! vous vous gaussez, je pense. Oh! vous n'êtes pas d'une corpulence à devenir meunier; le moulin dépériroit entre vos mains. Je sis bian votre servante; je ne veux pas quitter la profession. Allez nous charcher des ménétriers. Jusqu'au revoir, monsieur de Lépine.

SCÈNE IV.

LÉPINE, *seul.*

MAUGREBLEU de la masque, avec son moulin ; ce sera quelque jeune meunier du voisinage qui lui aura donné dans la vue. A la peinture qu'elle a faite, pourtant, je me suis reconnu trait pour trait : beau, bien fait ! Il est vrai qu'elle n'a point parlé de l'esprit et du mérite : c'est quelque manant dont elle est coiffée, et voilà l'erreur de la plupart des femmes ; ce n'est ni le mérite, ni l'esprit, c'est la taille et la figure qui font aujourd'hui la fortune des hommes.

SCÈNE V.

MADAME AGATHE, LÉPINE.

MADAME AGATHE.

Bonjour monsieur de Lépine, comment vous va ?

LÉPINE.

Votre valet, madame Agathe, fort à votre service.

MADAME AGATHE.

N'auriez-vous point vu la commère Julienne par aventure ?

LÉPINE.

La voilà qui s'en va de ce côté.

MADAME AGATHE.

Je m'en vais courir après elle : j'ai une plaisante
nouvelle à lui apprendre.

LÉPINE.

Et quelle?

MADAME AGATHE.

Son mari n'est pas mort, monsieur de Lépine.

LÉPINE.

Cette nouvelle-là ne lui plaira point, madame
Agathe : ne vous pressez point de la lui donner.

MADAME AGATHE.

Eh! le plaisant n'est pas qu'il soit en vie, c'est
qu'il va se marier.

LÉPINE.

Du vivant de sa femme?

MADAME AGATHE.

Oui, vraiment; il ne s'embarrasse pas de ça, et
il faut y mettre empêchement, n'est-ce pas?

LÉPINE.

Oh! point du tout, il n'y a qu'à le laisser faire :
elle lui rendra bien le change, sur ma parole.

MADAME AGATHE.

Je sais bien qu'ils ne s'aiment guères; mais ça
ne fait rien : une femme a beau ne pas se soucier
de son mari, elle aime toujours bian mieux qu'il
soit mort, que non pas qu'il en épouse d'autres.

LÉPINE.

Mais êtes-vous bien sûre de cette nouvelle-là,
madame Agathe?

MADAME AGATHE.

Si j'en suis sûre! c'est le cousin Vincent qui m-
l'a dit. Il revient de Nemours, comme vous savez.

LÉPINE.

Eh bien?

MADAME AGATHE.

Eh bien! il a trouvé là le meunier, qui s'est fait
rat de cave; ils ont joué bouteille à la boule ensemble, et en la beuvant le meunier lui a tout
conté : qu'il est amoureux de la fille du cabaretier;
qu'il y a trois ans que cet amour-là lui trotte dans
la çarvelle; et, comme il n'aime point madame
Julienne, et que madame Julienne ne l'aime point,
il a trouvé à propos de devenir veuf sans qu'il
mourût personne, et de se remarier en survivance.

LÉPINE.

Cela est fort commode; mais le meunier est fort
indiscret.

MADAME AGATHE.

Oh! il a bian recommandé le secret au cousin :
aussi le cousin ne l'a dit qu'à moi, je ne l'ai dit
qu'à vous, je ne le dirai plus qu'à la commère
Julienne.

LÉPINE.

Et je n'en ferai confidence qu'à trois ou quatre
de mes amis, moi.

MADAME AGATHE

Priez-les bian de n'en point parler, monsieur de
Lépine. Je meurs d'impatience de le conter à la

commère. Il est bon qu'elle prenne un peu l'avis de sa famille là-dessus, et je crois qu'il ne seroit pas mal de faire avertir celle de son mari : qu'en dites-vous ?

LÉPINE.

Oui, oui, vous avez raison : un secret est bien entre vos mains, madame Agathe.

MADAME AGATHE.

Oh! je ne manque ni de discrétion, ni de jugement, ni de conduite. Je ne vous dis pas adieu, monsieur de Lépine.

SCÈNE VI.

LÉPINE, *seul.*

VOILÀ un incident qui change la situation de nos affaires. Il faut en faire part à mon maître. Je n'ai que faire de me presser de retenir les ménétriers, jusqu'à nouvel ordre : les fiançailles et le festin pourront bien être retardés ; et madame Julienne ne dansera pas de si bon cœur qu'elle croyoit, sur ma parole.

SCÈNE VII.

JULIEN, LÉPINE.

JULIEN.

PALSANGUENNE! il faut jouer de notre reste : allons, bonne meine et mauvais jeu.

LÉPINE.

Eh parbleu! voilà le meunier qui revient de
Nemours. Il lui a pris quelque remords de conscience apparemment.

JULIEN.

Je vians prendre congé de mon ancien ménage,
et je tâcherai d'emporter de sti-ci de quoi commencer
à tenir le nouviau. Quand on n'est pas bian d'un
côté, il n'y a pas de mal à se tourner de l'autre.

LÉPINE.

Serviteur à monsieur Julien.

JULIEN.

Ah! votre valet, monsieur de Lépine.

LÉPINE.

Eh! d'où diantre venez-vous donc?

JULIEN.

Je vians de voyager. Le monde est bien grand,
monsieur de Lépine.

LÉPINE.

Oui vraiment; et vous aimez fort à voyager
vous, monsieur Julien?

JULIEN.

Dès que Julianne et moi j'avons queuque grabuge, je me divartis à ça, c'est ma coutume. Tatigué, que de villes et de villages! et si parmi tout
ça charchez-moi une bonne femme, vous n'en
trouverez morgué pas tant seulement la queue
d'une.

LÉPINE.

Vous êtes prévenu contre le sexe, monsieur
Julien : j'ai pourtant ouï dire qu'à Nemours il y
avoit d'assez bonne pâte de filles, et qui promet-
toient....

JULIEN.

A Nemours ? Ce drôle-là est sorcier, ou bian la
mèche est découverte. Faisons bonne contenance.

LÉPINE.

Vous y avez passé, à Nemours ?

JULIEN.

Oui ; mais je n'y ai passé qu'en passant.... Comment se porte Julianne, monsieur de Lépine ?
J'aime toujours cette masque-là, queuque chagrin
qu'alle me baille. J'avons à tout bout de champ
maille à partir ensemble ; et velà déja la troisième
fois qu'elle me fait désarter la maison.

LÉPINE.

Et vous désertez toujours du côté de Nemours,
monsieur Julien ?

JULIEN.

Il a morgué queuque soupçon de l'affaire.

LÉPINE.

Vous avez un grand foible pour cette ville-là,
monsieur Julien.

JULIEN.

Et vous itou, monsieur de Lépine, vous en parlez
souvent : y auriais-vous queuque connoissance ?

LÉPINE.

Si j'y en ai ? j'y ai été rat-de-cave.

JULIEN.

Rat de cave? Il se gausse pargué de moi.

LÉPINE.

Il y avoit dans ce temps-là une jolie fille dans une certaine hôtellerie, là.... comment appelez-vous.... aidez-moi à dire.

JULIEN.

La fille de l'Écu.

LÉPINE.

Oui, justement, la fille de l'Écu.

JULIEN.

Ce drôle-là me veut faire parler. Défions nous de li.

LÉPINE.

Elle s'appelle, je pense, mademoiselle.... j'aurai oublié son nom; mademoiselle..... mademoiselle....

JULIEN.

Mademoiselle Margot.

LÉPINE.

La voilà, mademoiselle Margot de l'Écu; c'est elle-même.

JULIEN.

Il me tire, morgué, les vars du nez : baillons-nous de garde.

LÉPINE.

C'étoit une aimable personne dans le temps que je l'ai vue.

JULIEN.

Oh! parguenne, alle l'est plus que jamais; si vous la voyais, c'est un petit charme.

LÉPINE.

Ah! que j'ai été vivement amoureux d'elle, monsieur Julien!

JULIEN.

Pas tant que moi, je gage; j'en pards l'esprit, pis qu'il faut vous le dire.

LÉPINE.

Oui! vraiment, je vous en félicite : voilà donc la cause de vos fréquentes promenades, monsieur Julien?

JULIEN.

Morgué, je jase trop; mais je ne saurois m'en tenir.

LÉPINE.

Et si madame Julienne vient à savoir....

JULIEN.

Oh! palsangué, ne li en parlez pas; ne me jouez pas ce tour-là, monsieur de Lépine.

LÉPINE.

Promettez-moi donc de ne vous plus opposer au mariage de mon maître avec votre nièce, et je vous promets, moi, de vous garder le secret.

JULIEN.

Pargué, de tout mon cœur. Touchez là, velà qui est fait, je baille ma parole; mais motus, au moins.

LÉPINE.

Je vous réponds de moi; mais si, d'ailleurs, on venoit à découvrir....

JULIEN.

On ne sauroit; je sis trop dissimulé. Il y a morgué trois ans que ça dure, et parsonne ne se doute de rian. Vous n'en savez pas le plus principal vous même. Oh! pour ce qui est de ça, je sis un rusé manœuvre!

SCÈNE VIII.

JULIEN, JULIENNE, LÉPINE, MADAME AGATHE.

JULIENNE.

Ah! ah! te voilà, je pense? Eh! de quoi t'avises-tu de revenir ici, bon vaurien?

JULIEN.

Madame Julianne?

LÉPINE.

Voilà un mari bien reçu chez lui.

MADAME AGATHE.

On disoit que vous étiez mort, monsieur Julien : cela n'est donc pas?

JULIEN.

Non, vraiment, je ne le sis pas.

JULIENNE.

Eh! pourquoi ne l'es-tu pas, dis? Je ne sais qui me tient que je ne te dévisage.

LÉPINE.

Eh! là, là, sans emportement.

JULIEN.

Velà toujours de vos magnières, madame Julianne.

JULIENNE, *pleurant.*

Il vaudroit bian mieux pour moi que tu le fusses, que non pas de mener la vie que tu mènes.

MADAME AGATHE.

Oh! pour cela, monsieur Julien, vous êtes un méchant homme, d'abandonner comme ça tous les ans une pauvre femme, qui vous adoreroit si vous étiez raisonnable.

JULIENNE, *pleurant.*

Vous savez mieux que parsonne, ma commère, toutes les pièces que ce libartin-là m'a faites; et si pourtant l'autre jour, quand on nous vint dire qu'il étoit défunt, quelle inquiétude est-ce que ça me donnit! je vous en fais juge.

MADAME AGATHE.

Et moi, ma commère? Il falloit nous voir, nous étions toutes deux dans des impatiences de savoir ce qui en étoit; l'inçartitude de ces choses - là fait bian souffrir une pauvre femme, monsieur de Lépine.

LÉPINE.

Cela est vrai : tout le monde étoit d'une affliction..... Vous êtes furieusement aimé, monsieur Julien; et quand vous êtes arrivé, je m'en allois, moi, chercher des ménétriers pour nous aider, ce soir, à consoler tout le village.

18.

JULIENNE.

Ne suis-je pas bien malheureuse!

JULIEN.

Entrons dans la maison, madame Julianne, et nous parlerons....

JULIENNE.

Dans la maison! oh! ne t'avise pas d'y mettre le pied; je ne veux pas que tu en approches; si tu regardes la porte, seulement....

JULIEN.

Comment, comment donc? qu'est-ce que cela signifie?

LÉPINE.

Le meunier ne sera pas le maitre dans le moulin, sur ma parole.

JULIENNE.

J'y mettrois plutôt le feu, que non pas qu'il le fût.

JULIEN.

Quelle enragée! Mais acoutez donc, madame ma femme, vous le prenez là sur un ton....

JULIENNE.

Ta femme, moi? moi, ta femme? Ah! le bon traître! il croit parler à sa cabaretière de Nemours, ma commère.

LÉPINE.

A la cabaretière de Nemours!

JULIEN.

La meine est inventée; mais chut.

MADAME AGATHE.

Êtes-vous bien content de votre nouviau ménage, monsieur Julien?

JULIEN.

Qu'est-ce que voulez dire, avec votre nouviau
ménage? Morgué, vous avez une langue de vipère,
madame Agathe : vous croyez les contes qu'on vous
fait, madame Julianne.

JULIENNE.

Des contes, bon pendard! Oh! la gueule du juge
en pètera : tu seras pendu, je t'en réponds.

JULIEN.

Je serai pendu, moi?

MADAME AGATHE.

Oui, par votre cou, mon compère Julien.

JULIEN.

Madame Julianne?

JULIENNE.

Tu m'as fait trop de fredaines, je veux devenir
veuve.

JULIEN.

Madame Agathe?

MADAME AGATHE.

Un débauché qui prend deux femmes! au diable,
au diable, point de miséricorde.

JULIEN.

Par ma foi, velà deux méchantes carognes!

JULIENNE.

Mais voyez ce fripon, cet insolent, qui nous in-
jurie.

MADAME AGATHE.

Ce débauché, ce misérable! Il perd le respect qu'il nous doit, ma commère.

JULIEN.

Comment, du respect? je me donne au diable, si vous me faites prendre un tricot, je le pardrai morgué bian davantage, prenez-y garde.

JULIENNE.

Un tricot! au secours! à la force! on me roue de coups! on m'assassine! à la justice! à la justice!

MADAME AGATHE.

Un tricot! Bon, ferme, courage, ma commère; à la justice! à la justice!

SCÈNE IX.

JULIEN, LÉPINE.

JULIEN.

ALLES avont le diable au corps, monsieur de Lépine.

LÉPINE.

Oui, vraiment, et je vous trouve fort à plaindre d'avoir affaire à ces deux masques-là.

JULIEN.

Moi? palsangué je ne les crains point, je les mets à pis faire.

LÉPINE.

S'il étoit vrai que vous eussiez épousé cette mademoiselle Margot de l'Écu, l'affaire seroit fâcheuse.

JULIEN.

Oh! ça n'est morgué pas fait à demeurer; il n'y a encore que le contrat de dressé, voyez-vous.

LÉPINE.

Que le contrat de dressé? oh! ce n'est qu'une bagatelle; on ne sauroit vous faire un crime que de l'intention, et je vois bien que cela n'ira qu'aux ères.

JULIEN.

Aux galères, monsieur de Lépine?

LÉPINE.

Oui; à moins que votre femme n'eût pour ami quelque juge qui eût l'adresse de donner un tour à l'affaire, et de vous faire pendre à sa considération.

JULIEN.

Alle est morguenne assez malicieuse pour ça. Mais velà une extravagante créature! alle voudroit être défaite de moi, je voudrois être débarrassé d'alle; qu'alle me passe veuf, je la passerai veuve: il m'est avis qu'il ne faudroit pour ça qu'un petit mot d'accommodement sous seing-privé, et quand je serions d'accord une fois, ce ne seroit l'affaire de parsonne: qu'est-ce qui s'aviseroit de nous plaider?

LÉPINE.

Vous avez raison; mais madame Julienne est une femme régulière, qui veut être veuve dans toutes les formes. C'est là sa folie.

JULIEN.

Ce seroit bian la mienne itou; mais comment s'y prendre?

LÉPINE.

Elle va faire sa plainte, et l'on informera contre vous. Je ne vous crois pas ici trop en sûreté, monsieur Julien; si vous m'en croyez....

JULIEN.

Parguenne, à bon chat bon rat : pis qu'alle le prend comme ça, je m'en vas li jouer d'un tour à quoi alle ne s'attend pas; le bailli est plus de mes amis que des sians; alle n'a qu'à se bian tenir.

LÉPINE.

Comment? quel est votre dessein?

JULIEN.

Tatigué, je n'en dirai mot de sti-là. En arrivera ce qui pourra. Je varrons lequel ce sera de nous deux qui aura plus tôt l'esprit de faire pendre l'autre. Votre valet, monsieur de Lépine, jusqu'au revoir.

SCÈNE X.

LÉPINE, CHARLOT.

LÉPINE.

Je vous baise les mains, monsieur Julien. Voilà une agréable société. Il y a d'heureux mariages dans le monde.

CHARLOT.

L'amour et la jalousie me feront devenir fou,
moi qui suis si sage et si raisonnable.

LÉPINE.

Voilà le garçon du moulin de madame Julienne.
Ah ventrebleu! ne seroit-ce point lui qui lui auroit
donné dans la vue, et qu'elle coucheroit en joue
en cas de veuvage?

CHARLOT.

N'est-ce pas là le valet de ce houberiau qui fait
l'amoureux de ma chère Colette?

LÉPINE.

Que parle-t-il de Colette?

CHARLOT.

Je ne lui ôterai morgué pas mon chapiau lé
premier; je li en veux trop.

LÉPINE.

Qu'est-ce que c'est donc, monsieur Charlot?
Vous me paroissez bien fier aujourd'hui?

CHARLOT.

Pargué, comme de coutume, et si ça ne vous
convient pas, je m'en gausse; je ne vous char-
chons pas, laissez-nous en repos.

LÉPINE.

Vous avez quelque chose dans la tête, à ce qu'il
me semble?

CHARLOT.

Ça est vrai, il vous semble bian; j'y ai la vo-
lonté de vous paumer la gueule, monsieur de
Lépine.

LÉPINE.

A moi?

CHARLOT.

Oui palsanguenne, à vous. Vous êtes un dé-
baucheux de filles. Je sis garde-moulin, le meunier n'y est pas, vous en voulez à la nièce; mais,
si vous me faites prendre un gourdin....

LÉPINE.

Qu'est-ce à dire un gourdin?

CHARLOT.

Je ne parle pas pour as'teure; c'est une manière
d'avartissement pour en cas que vous y reveniais.

LÉPINE.

J'y reviendrai quand il me plaira, monsieur
Charlot.

CHARLOT.

Quand il vous plaira, monsieur de Lépine?

LÉPINE.

Assurément, quand il me plaira.

CHARLOT.

Eh bian! revenez-y, ce sont vos affaires, vous
êtes le maître.

LÉPINE.

Et si vous vous avisez de faire le raisonneur, savez-vous bien que vous vous attirerez mille coups
de bâton, mon petit ami?

CHARLOT.

Mille coups de bâton! c'est biaucoup, monsieur
de Lépine.

CHARLOT.

Drès le berciau, vous dit-on, je l'ai élevée à la brochette : et tenez, la velà qui viant, je m'en vais vous le faire dire.

LÉPINE.

Parbleu je le voudrois de tout mon cœur, mon maitre n'auroit que ce qu'il mérite.

SCÈNE XI.

COLETTE, LÉPINE, CHARLOT.

COLETTE.

Bon jour, Charlot.

CHARLOT.

Comme alle me dit bon jour de bonne amitié! voyez-vous?

LÉPINE.

Cela est fort tendre.

COLETTE.

Votre servante, monsieur de Lépine.

LÉPINE.

Je vous baise bien les mains, mademoiselle Colette.

COLETTE.

Qu'est-ce donc, mon garçon? tu me parois tout triste.

CHARLOT.

Eh tatigué! comment ne le serois-je pas? n'au veut bailler un croc en jambe à l'amour que j'avons l'un pour l'autre.

COLETTE.

Nous avons de l'amour l'un pour l'autre! Qui
t'a dit cela, Charlot?

CHARLOT.

Eh pargué! je sens bian le mien, parsonne n'a
que faire de me le dire; et pour ce qui est du
vôtre, il m'est avis que du depuis quatre ans vous
m'en avez baillé tant de signifiance....

LÉPINE.

Aie, aie, aie.

COLETTE.

Je t'ai donné des signifiances d'amour, moi?
Eh! qu'est-ce que c'est que l'amour, Charlot? Je
ne le connois pas encore.

CHARLOT.

Oh tatigué, non! queule ignorante! alle en sait
morgué bian plus qu'alle ne dit, monsieur de
Lépine.

COLETTE.

Mais vraiment, Charlot, tu perds l'esprit; et tu
ferois croire des choses....

CHARLOT.

Pargué, je le fais exprès; je sis bian aise qu'on
sache ce qui en est, et je ne veux pas que vous at-
trapiais personne. Oh! j'ai de la conscience, moi.

LÉPINE.

Voilà un honnête garçon.

COLETTE.

J'en ai aussi, je t'assure; et, pour te tirer de ton
erreur, je te dirai en bonne conscience que je ne

t'aime point, que je ne t'ai jamais aimé, et que je
ne t'aimerai de ma vie.

LÉPINE.

Cela est fort clair, monsieur Charlot, et voilà
une déclaration dans les formes.

CHARLOT.

Oh palsanguenne! alle ne pense point ça; c'est
pour vous le faire accroire : morgué, c'est un animal bian trompeux que la femelle d'un homme!

LÉPINE.

Il ne faut pas toujours se fier aux apparences,
monsieur Charlot.

CHARLOT.

Me traiter de la magnière! allez, cela n'est ni
biau, ni honnète, après tout ce qui s'est passé de-
pis que je nous connoissons.

COLETTE.

Eh! que s'est-il passé, dis, maroufle, qui te
fasse penser que j'ai de l'amour pour toi?

CHARLOT.

Quoi! je n'ons pas joué ensemble à la madame,
à colin-maillard, à la queuleuleu, à pétangueule?

COLETTE.

Eh bien?

CHARLOT.

Ce n'est rian que ça, n'est-ce pas? Et quand je
jouions à la cleumisette? Acoutez, ne me faites
pas parler.

COLETTE.

Parle, parle, je ne te crains point; qnand nous
jouions à la cleumisette, que veux-tu dire?

CHARLOT.

On nous trouvoit toujours tous deux dans la
même cache. Sont-ce des preunes que ça, monsieur
de Lépine?

LÉPINE.

Non, vraiment.

COLETTE.

Voyez le grand malheur! Eh! pourquoi m'y ve-
nois-tu trouver, dis?

CHARLOT.

Parce que je vous aime. Mais pourquoi ne me
chassiais-vous pas, vous?

COLETTE.

Parce que je ne savois pas que tu m'aimasses, et
que je ne t'aimois pas, moi.

CHARLOT.

Alle ne m'aimoit pas! qu'alle est trigaude!
Quand je dansions aux chansons, alle étoit toujours la première à me prendre; et si alle auroit
voulu pouvoir me tenir par les deux mains, tant
alle étoit assotée de ma parsonne.

COLETTE.

Tu t'es figuré cela, mon pauvre Charlot.

CHARLOT.

Oh pargué non! je sais bian ce que je dis. Tenez, monsieur de Lépine, alle faisoit cent fois plus
de caresses aux francs moigniaux que je lui déni-

19.

chois, qu'à tous les marles que lui bailloient les autres. Margué n'est-ce pas là de l'amour? je vous en fais juge.

LÉPINE.

Il y a quelque chose à dire à cela, vous avez raison : mais il n'y a pas de quoi rebuter mon maître; et ces bagatelles-là ne l'empêcheront pas de conclure le mariage.

CHARLOT.

Ça ne l'en empêchera pas?

LÉPINE.

Non vraiment.

CHARLOT.

Tatigué, que je sis fâché de ce qu'il n'y en a pas davantage!

COLETTE.

J'en suis fort contente, moi; tu l'aurois dit de même.

CHARLOT.

Oh! pour sti-là, oui, je vous en réponds.

COLETTE.

Où est votre maître, monsieur de Lépine?

LÉPINE.

Vous ne tarderez pas à le voir : je vais vous l'amener dans le moment même.

COLETTE.

Et moi, je vais l'attendre avec impatience.

CHARLOT.

Hom, la masque!

SCÈNE XII.

COLETTE, CHARLOT.

COLETTE.

Adieu, Charlot, ne te chagrine point, je t'aime toujours un peu. Va, tiens, baise ma main.

CHARLOT.

Non, morgué, je n'en ferai rian, je cracherois plutôt dessus : fi, pouas, la parfide, la vilaine!

COLETTE.

Tu fais le mauvais? tant pis pour toi, je ne m'en soucie guères.

SCÈNE XIII.

CHARLOT, *seul.*

Ces carognes de filles! être déja traitresses à cet âge-là! ça ne s'apprend point, ça leur viant tout seul. Tiens, baise ma main; le biau régal! C'est madame Julianne qui fait ce mariage-là pour me faire pièce; car alle est fâchée que j'aime Colette. Morguenne, alle me le paiera : le bailli l'aime itou, cette Colette; c'est un matois qui en sait bian long; je m'en vais le trouver, je leur baillerons du fil à retordre.

SCÈNE XIV.

MADAME AGATHE, CHARLOT.

MADAME AGATHE.

Eh! où vas-tu si vite, Charlot? Attends, attends, j'ai quelque chose à te dire.

CHARLOT.

Dépêchez-vous donc, car j'ai queuque chose à faire, moi.

MADAME AGATHE.

Colette va être mariée avec un monsieur, sais-tu bien cela?

CHARLOT.

Oh! morguenne, ça n'est pas bian sûr; j'y boutrons queuque empêchement, ou je ne pourrons.

MADAME AGATHE.

Eh! pourquoi ça? qu'est-ce que ça te fait?

CHARLOT.

Comment, morgué, qu'est-ce que ça me fait? Ne seroit-ce point vous qui auriais baillé conseil à notre maitresse de me jouer ce tour-là?

MADAME AGATHE.

Moi? par quelle raison?

CHARLOT.

Morgué, que sais-je? pour m'avoir, peut-être; car vous êtes folle de moi, madame Agathe.

MADAME AGATHE.

Je suis folle de toi? tu ne le mérites guères.

CHARLOT.

Si fait, parguenne; il n'y a que Colette que j'aime mieux que vous, la peste m'étouffe.

MADAME AGATHE.

Et pourquoi l'aimes-tu mieux que moi, dis?

CHARLOT.

Pargué, parce qu'alle me plaît davantage : que voulez-vous que je vous dise?

MADAME AGATHE.

Elle te plaît davantage! une petite coquette.

CHARLOT.

Ça est vrai.

MADAME AGATHE.

Qui te préfère un autre amoureux.

CHARLOT.

Vous avez raison.

MADAME AGATHE.

Et cela ne te corrige point de la passion que tu as pour elle?

CHARLOT..

Pargué, non. Et je vous préfère bian Colette, moi; ça vous corrige-t-il?

MADAME AGATHE.

Cela le devroit bien faire.

CHARLOT.

Oui; mais ça ne le fait pas : et pourquoi voulez-vous que je ne sois pas aussi malaisé à corriger que vous, madame Agathe?

MADAME AGATHE..

Mais promets-moi donc que tu m'épouseras, si tu ne peux empêcher le mariage de Colette.

CHARLOT.

Oh! pour ce qui est d'en cas de ça, je le veux bian. Si Colette m'échappe, je me baille à vous par désespoir; velà qui est fini.

MADAME AGATHE.

Par désespoir! je ne te devrois qu'à ton désespoir?

CHARLOT.

Tatigué, qu'importe à qui? Vous ne voulez que m'avoir, une fois; vous m'aurais, et je vous baillerai la préférence sur madame Julianne, qui me marchande itou.

MADAME AGATHE.

La commère Julienne est amoureuse de toi?

CHARLOT.

Oui; alle me mitonne pour en cas qu'alle soit veuve; mais queuque sot, je ne m'y frotte pas : dès que je serions mariés, alle en mitonneroit peut-être queuque autre pour être veuve de moi. Je n'aime morgué point ces prévoyeuses-là, madame Agathe.

MADAME AGATHE.

Et tu as bien raison.

CHARLOT.

Tatigué, je lui en veux plus qu'à une autre, à stelle-là; c'est alle qui fait le mariage de Colette.

MADAME AGATHE.

Toujours Colette! cela te tient bien au cœur,
petit vilain.

CHARLOT.

J'en serois plus d'à demi consolé, si alle épou-
soit queuque autre que ce houberiau, et que je
trouvisse la magnière de me venger de madame
Julianne. Morguenne, aidez - moi à ça, madame
Agathe.

MADAME AGATHE.

Très volontiers : mais comment s'y prendre?

CHARLOT.

Comment, morguenne? Allons demander conseil à monsieur le bailli; c'est bian le meilleur
homme, le plus honnète homme, le plus habile
homme pour faire du mal à queuqu'un, da. Il sait,
morgué, sur le bout du doigt toutes les rubriques
de la justice.

MADAME AGATHE.

Ça n'est pas mal imaginé : allons, viens.

CHARLOT.

Non, ne bougeons; le velà li-même tout à point,
comme si je l'avions mandé. Sarviteur, monsieur
le bailli.

SCÈNE XV.

MADAME AGATHE, LE BAILLI, CHARLOT.

LE BAILLI.

Bonjour, monsieur Charlot, bonjour.

MADAME AGATHE.

Monsieur le bailli, je suis votre servante.

LE BAILLI.

Votre valet, madame Agathe. Eh bien! qu'est-ce, mes enfants? voilà d'étranges nouvelles : cette scélérate de Julienne....

CHARLOT.

Morgué, bon, il enfourne bian, j'aurons bonne issue. Vous savez déja ça, monsieur le bailli?

LE BAILLI.

Il y a plus de quinze jours que je le soupçonne; mais je n'ai point voulu faire d'éclat que je n'en eusse quelque certitude.

CHARLOT.

Oh! pargué, n'y a point à en douter à présent, c'est une affaire sûre.

MADAME AGATHE.

On ne parle d'autre chose dans tout le village.

LE BAILLI.

En savez-vous quelque particularité? et ne pourriez-vous point servir de témoins dans tout ceci, vous autres?

CHARLOT.

Pargué, vous en sarvirez vous-même : ils allont
faire la noce, et velà les ménétriers qui allont venir.

LE BAILLI.

Comment, des ménétriers? la noce de qui?

MADAME AGATHE.

La noce de Colette, que madame Julienne fait
épouser à ce monsieur Clitandre.

LE BAILLI.

Vraiment, vraiment, elle prend bien son temps
pour faire une noce. Oh! je troublerai la fête, sur
ma parole.

CHARLOT.

Et vous ferez fort bian, monsieur le bailli.

LE BAILLI.

L'a malheureuse!

CHARLOT.

Acoutez, c'est une méchante femme : est-ce que
vous sauriais queuqu'une de ses petites fredaines?

LE BAILLI.

Oui, de ses petites fredaines, une bagatelle :
elle a fait noyer son mari, seulement.

CHARLOT.

Alle a fait noyer monsieur Julian? Velà pourquoi alle me mitonnoit, voyez-vous.

MADAME AGATHE.

Ça ne se peut pas, monsieur le bailli, je viens
de le voir.

LE BAILLI.

Vous avez rêvé cela, madame Agathe ; il y a plus d'un mois qu'il est défunt, je le sais de bonne part.

MADAME AGATHE.

Il n'y a qu'un quart d'heure que j'ai quitté monsieur Julien, vous dis-je.

LE BAILLI.

Oui, un faux monsieur Julien qu'elle aura attiré pour faire prendre le change.

MADAME AGATHE.

Oh ! point du tout, c'est le véritable : elle l'a reçu comme un vrai mari ; je l'ai aidée à le battre, moi, monsieur le bailli, puisqu'il faut vous le dire.

LE BAILLI.

Bagatelle, je ne donne point là-dedans ; et nous avons, le procureur-fiscal et moi, commencé une procédure que nous soutiendrons vigoureusement.

CHARLOT.

Je vous le disois bian, madame Agathe, c'est un bian honnête homme, un bian habile homme que notre monsieur le bailli.

MADAME AGATHE.

Mais le compère Julien n'est point défunt ; ce sont des contes.

CHARLOT.

Je crois pargué bian que si, moi ; et s'il ne l'étoit pas, il faudroit qu'il le devenit, puisque monsieur le bailli le dit : est ce que la justice est une menteuse, madame Agathe ?

LE BAILLI.

Monsieur Charlot prend fort bien la chose; et il n'est pas qu'il n'ait quelque connoissance du fait.

CHARLOT.

Moi, monsieur le bailli?

LE BAILLI.

Oui, vous. Votre témoignage sera d'un grand poids dans cette affaire-ci.

CHARLOT.

Mon témoignage sera de poids?

LE BAILLI.

Sans doute.

CHARLOT.

Pargué, bon, tant mieux, velà de quoi me venger de madame Julianne. Ça, voyons, qu'est-ce qu'il faut que je témoigne, monsieur le bailli?

LE BAILLI.

Ce que vous savez : on ne vous demande pas autre chose.

CHARLOT.

Morgué, je ne sais rian; mais tout coup vaille. Si vous voulez que je nous aimions, il faut dire comme moi, madame Agathe.

MADAME AGATHE.

Je dirai la vérité.

CHARLOT.

Et moi itou. Mais aidez-nous à la dire, monsieur le bailli; car ce que je savons, nous, vous qui savez tout, vous le savez peut-être mieux que nous, par aventure.

LE BAILLI.

Mais le meunier et la meunière vivoient en tre
mauvaise intelligence, premièrement.

CHARLOT.

Oh! pour sti-là, oui : tous les jours ils se bat
tiont ou se querelliont très régulièrement à une
certaine heure; je sis témoin de ça.

MADAME AGATHE.

Et moi aussi, monsieur le bailli.

LE BAILLI.

Bon : le reste est une suite de cela, mes enfants.
Le pauvre Julien s'enivroit quelquefois.

CHARLOT.

Quenquefois? pargué, très souvent. Il étoit
coutumier de ça quasiment autant que vous, monsieur le bailli.

LE BAILLI.

Voilà le fait : la femme aura pris le temps de
l'ivresse du mari pour exécuter son mauvais dessein.

CHARLOT.

Justement. Il avoit trop bu de vin, alle li aura
voulu faire boire de l'iau; il n'y a rian de plus naturel, ça parle tout seul.

MADAME AGATHE.

Si ça est, ça est comme ça, monsieur le bailli.

LE BAILLI.

Oui, on l'a jeté dans la rivière, et il ne se trouve
point; voilà ce qui est d'embarrassant.

CHARLOT.

On li a mis une piarre au cou. Est-ce une chose
si rare qu'une piarre? en velà un gros tas tout proche du moulin, où il m'est avis qu'il en manque
queuqu'une.

LE BAILLI.

Où il en manque quelqu'une? voilà un bon in-
dice : mais elle n'aura pas fait cela toute seule.

CHARLOT.

Non, voirement, il faut li bailler des camarades.
Eh! pargué, cet amoureux de Colette et son valet
monsieur de Lépine : le défunt ne vouloit pas qu'il
épousît sa nièce. C'est eux qui avont fait le coup,
monsieur le bailli.

LE BAILLI.

Vous croyez ça, monsieur Charlot?

CHARLOT.

Si je le crois? je li en veux morgué trop pour ne
pas le croire; et vous le croyez itou, vous, je gage.
C'est notre rival, monsieur le bailli; j'en jurerois,
moi, en cas de besoin : ça suffira-t-il pour le faire
pendre?

LE BAILLI.

Voilà une cruelle affaire pour ces gens-là.

CHARLOT.

J'allons pargué leur tailler de la besogne.

LE BAILLI.

Je les ferai arrêter sur votre déposition, et je
vais tout de ce pas faire chercher le greffier pour
la venir recevoir.

CHARLOT.

Qu'il écrive ce qu'il voudra, je sommes témoins
de tout, ne vous boutez pas en peine; pargué je
nous en allons bian rire.

SCÈNE XVI.

MADAME AGATHE, CHARLOT.

MADAME AGATHE.

MAIS sais-tu bien que tu fais là une fort mé
chante action, mon pauvre Charlot?

CHARLOT.

Bon, queu conte! ce n'est pas par méchanceté,
ce n'est que pour troubler la noce, et faire enrager
madame Julianne.

MADAME AGATHE.

Ce ne sont pas là des bagatelles : il y a là de
quoi la ruiner, tout au moins, et cela pourroit aller plus loin, même.

CHARLOT.

Oh! que point, point, madame Agathe, je nous
dédirons quand on sera près de la pendre. La voici.
Si vous m'aimez, laissez-moi faire, ou sans ça, la
paille est rompue.

SCÈNE XVII.

JULIENNE, MADAME AGATHE, CHARLOT.

JULIENNE.

ALLONS, gai, gai, mes enfants, allégresse : ma
commère, Julien est redécampé, je li avons fait
peur, et velà nos parents et nos amis qui s'en allont venir aux fiançailles; je ferons notre noce tout
à gogo, sans rabat-joie.

CHARLOT.

Oh! pargué, je gage que non. Il faudroit pour
ça qu'il n'y eût point de Charlot, ni de bailli, madame Julianne; mais, dieu marci, je ne sis pas
noyé, moi : tatigué, que je l'ai échappé belle!

JULIENNE.

Tu n'es pas noyé? vraiment, je le vois bien.

CHARLOT.

Non, tatigué, je ne le sis pas, ni le bailli non
plus, je vous en avartis.

JULIENNE.

Quand il le seroit, il n'y auroit pas grand dommage. Mais voyez ce qu'il veut dire avec son noyé?
Est-ce qu'il a perdu l'esprit, ma commère?

MADAME AGATHE.

Dame, acoutez, si sti-là est fou, monsieur le
bailli n'est pas trop sage. Ils disont comme ça tous
deux que vous avez fait noyer votre mari.

JULIENNE.

Je l'ai fait noyer, moi? vous venez de le voir,
ma commère.

MADAME AGATHE.

Ça est vrai, je l'ai vu; mais le bailli dit que non,
et Charlot dit de même; et comme ils sont deux
contre un, je ne sais qu'en croire.

JULIENNE.

Tu oses dire ça, toi?

CHARLOT.

Parguenne, oui, je l'ose dire, et je sis seur que
ça est; j'en bouterois morgué la main au feu.

JULIENNE.

Ah, le malheureux!

SCÈNE XVIII.

JULIENNE, MADAME AGATHE, COLETTE, CHARLOT.

COLETTE.

Ah! ma chère tante! sauvez-vous, vous êtes
perdue!

JULIENNE.

Comment? qu'est-ce qu'il y a?

COLETTE.

Enfuyez-vous en vitement, vous dis-je : voilà le
bailli qui amasse du monde pour venir vous prendre prisonnière.

JULIENNE.

Prisonnière, moi?

CHARLOT.

Pargué, bon, ça commence bian.

COLETTE.

Tout le village dit que mon oncle est noyé, et
que c'est vous et Charlot qui avez fait cette belle
affaire pour vous marier ensemble.

CHARLOT.

Moi?

COLETTE.

Oui, toi-même; et si cela est, tu feras bien de
t'enfuir.

CHARLOT.

Morgué, ça n'est point; c'est votre monsieur
Clitandre que vous velez dire.

COLETTE.

Clitandre!

CHARLOT.

Oui, le bailli est convenu que je le dirions
comme ça. Oh! dame, si l'on fait un qui-pro-quo,
je tire mon épingle du jeu, monsieur Julian n'est
point noyé, je m'en dédis.

SCÈNE XIX.

JULIENNE, MADAME AGATHE, CLITANDRE,
COLETTE, CHARLOT.

CLITANDRE.

Rien ne retarde mon bonheur; j'ai donné les
ordres nécessaires..... Mais que vois-je? quelle
consternation! qu'avez-vous?

JULIENNE.

Ah! mon pauvre monsieur Clitandre, voici de tarribles affaires.

CLITANDRE.

Comment?

JULIENNE.

Ce bailli de malheur, qui m'accuse d'avoir fait noyer mon mari!

CLITANDRE.

Ah! quelle noirceur!

SCÈNE XX.

JULIENNE, MADAME AGATHE, CLITANDRE, COLETTE, LÉPINE, CHARLOT.

LÉPINE.

Voilà des violons que je vous amène, monsieur; mais il faudra les renvoyer, je pense, et monsieur le bailli nous prépare d'autres occupations, à ce que je viens d'apprendre.

CLITANDRE.

Sais-tu le fond de cette affaire?

LÉPINE.

Non, monsieur; je sais seulement qu'il prétend que nous avons noyé le meunier, et que sur la déposition de ce maroufle, on a décrété contre vous et moi.

CLITANDRE.

Décrété contre nous?

CHARLOT.

Ah, bon! passe pour sti-là.

CLITANDRE.

Comment, maraud....

CHARLOT.

Eh, miséricorde! monsieur, ne me tuez pas.

MADAME AGATHE.

Eh! pardonnez-lui, monsieur Clitandre.

CHARLOT.

Ce n'est qu'une petite gaillardise que tout ça,
la peste m'étouffe.

CLITANDRE.

Une gaillardise, misérable!

CHARLOT.

Ah! je sis mort.

LÉPINE.

Ne vous emportez point, monsieur; ceci n'aura
point de suites. Laissez-moi faire, seulement, j'y
vais donner ordre..

SCÈNE XXI.

JULIENNE, MADAME AGATHE, CLITANDRE,
COLETTE, CHARLOT.

JULIENNE.

Les maris ne donnent jamais que du chagrin,
de queuque façon que ce soit; je sis plus morte
que vive.

CLITANDRE.

Ne craignez rien; cette affaire est plus désagréable que dangereuse, et le retour de votre mari....

JULIENNE.

Il est revenu, monsieur Clitandre.

CLITANDRE.

Il est revenu? l'imposture ne sera pas difficile à confondre.

JULIENNE.

Ce malheureux bailli et ce coquin-là disent que ce n'est pas li.

CLITANDRE.

Tu dis cela, pendard?

CHARLOT.

Moi? je ne dis plus rian, j'ai pardu la parole.

CLITANDRE.

Il n'a qu'à se montrer : où est-il?

JULIENNE.

Il s'en est déja retourné; je l'ai trop mal reçu où l'aller rechercher? Ah! s'il étoit ici! que je suis malheureuse!

COLETTE.

Voilà ce vilain bailli avec toute sa séquelle, ma tante.

SCÈNE XXII.

JULIENNE, MADAME AGATHE, CLITANDRE, COLETTE, LE BAILLI, CHARLOT, SUITE DU BAILLI.

CLITANDRE.

AVANCEZ, monsieur le bailli, avancez; mais que vos recors se tiennent écartés surtout; car je donnerai de l'épée dans le ventre au premier qui hasardera de s'approcher.

LE BAILLI.

Ah! monsieur, point d'emportement. Ce ne sont ici que de petites formalités dont le devoir de ma charge ne me permet pas de me dispenser.

CLITANDRE.

Oui, vous êtes fort exact, je le vois bien.

LE BAILLI.

L'affaire est importante, monsieur; il y a ici mort d'homme et supposition, voyez-vous?

CLITANDRE.

Il n'y a ni l'un ni l'autre; mais il pourroit arriver, si vous vous mettez en devoir....

SCÈNE XXIII.

JULIEN, JULIENNE, MADAME AGATHE, CLITANDRE, COLETTE, LE BAILLI, LÉPINE, CHARLOT.

LÉPINE.

Tirez, tirez, monsieur le bailli, et rengainez vos procédures. Le défunt n'est pas mort, le voilà que je vous amène.

JULIENNE, *embrassant son mari.*

Mon pauvre Julian! mon cher mari!

JULIEN.

Comment tatigué, queu changement! Julianne est devenue bonne femme. En vous remerciant, monsieur le bailli, je n'avons plus que faire de vos écritures.

LE BAILLI.

Comment? eh! qui êtes-vous donc, mon ami, vous qui raisonnez?

JULIEN.

Qui je sis? Eh! pargué, je sis moi : avez-vous la barlue?

LE BAILLI.

Eh! qui, vous? Je ne vous connois point.

JULIEN.

Morgué, tant pis pour vous; vous êtes plus malade que vous ne croyez, pisque vous avez pardu connoissance.

JULIENNE.

Vous ne reconnoissez pas mon mari, monsieur
le bailli ?

LE BAILLI.

Ce ne l'est point là, madame Julienne.

MADAME AGATHE.

Ce n'est point là le compère Julien ?

LE BAILLI.

Non : il y a plus de trois semaines qu'il est
noyé.

JULIEN.

Je suis noyé, moi ? Palsangué vous en avez
menti, monsieur le bailli.

LE BAILLI.

Il y a un bon procès-verbal qui certifie le fait.

JULIEN.

Oh, tatigné ! je çartifie le contraire.

JULIENNE.

Et je nous gaussons du procès-verbal.

LE BAILLI.

C'est ce qu'il faudra voir.

CLITANDRE.

Ecoutez, monsieur le bailli, vous vous engagez
là dans une affaire....

LE BAILLI.

Le meunier est noyé : cela aura des suites.

JULIEN.

Oh bian morgué, si je sis nayé, c'est vous qu'il
faut pendre ; car c'est de votre façon, pisqu'il
faut tout dire.

21.

CLITANDRE.

Gomment de sa façon?

JULIEN.

Oui voirement; c'est lui qui m'a conseillé de laisser croire ça pour faire pendre Julianne.

JULIENNE.

Pour me faire pendre! Tu as eu ce cœur-là, cher petit mari?

JULIEN.

Morgué, je ne l'ai pas eu long-temps, comme tu vois; je sis sans rancune. Ne me fais plus enrager, je n'irai plus à Nemours : vivons bian ensemble, la justice en aura un pied de nez, et si alle ne le boutra morgué pas dans nos affaires.

SCÈNE XXIV.

JULIEN, JULIENNE, CLITANDRE, COLETTE, LÉPINE, MADAME AGATHE, LE BAILLI, CHARLOT, MATHURIN.

MATHURIN.

Madame Julianne, velà ces personnes que vous avez fait prier des fiançailles de Colette, qui n'osont s'approcher, parce qu'ils voyont ici des gens de justice.

JULIEN.

Ils avont morgué raison, c'est une vilaine vision. Mais parle donc, eh, femme? est-ce que tu maries comme ça notre nièce sans que j'en sache rian?

JULIENNE.

Oui, Julien; et si tu n'y bailles pas ton consentement, je recommencerons à quereller, mon enfant, tu n'as qu'à dire.

JULIEN.

Oh palsangué non! ne querellons point; j'aime
mieux faire tout ce que tu voudras.

CLITANDRE.

Vous n'aurez pas lieu de vous reprocher cette
complaisance.

JULIEN.

Je le veux bian; velà qui est fini, monsieur
Clitandre.

MADAME AGATHE,

Tu sais bien ce que tu m'as promis, Charlot?

CHARLOT.

Eh bian! touchez là, je sis garçon de parole.

JULIEN.

A la franquette, monsieur le bailli. Je serai
moi, maugré vous, vous avez beau faire. Eh! morgué, laissez-nous en paix; je vous baillerons de
bonne amitié ce que vous pourriais gagner à nous
persécuter : n'est-ce pas être raisonnable?

CHARLOT.

Allons, monsieur le bailli, Julien n'a pas tort :
c'est vous et moi qui l'avions tantôt jeté à l'iau;
morgué, repêchons-le, qu'est-ce que ça nous coû-
tera?

LE BAILLI.

Je suis trop humain pour un bailli : qu'il n'en
soit plus parlé; mais au moins....

JULIEN.

Je ferons bian les choses, ne vous boutez pas
en peine. Touche là, Julianne : avec les fiançailles
de Colette j'allons faire notre remariage. Allons,
palsangué, que tout le monde vianne, et que les
ménétriers jouiont queuque drôlerie qui fasse un
peu trémousser ces jeunes filles.

DIVERTISSEMENT.

M. TOUVENEL.

Pour célébrer les noces de Colette,
   Folâtrons, chantons et dansons;
   Qu'on fasse retentir les sons
   Du hautbois et de la musette;
   Et que partout l'écho répète
    Nos agréables chansons.

Entrée de deux meuniers et de deux meunières.

MADAME AGATHE.

   Les maris qu'on voit parmi nous,
   Sont marchandise bien mêlée;
Pour bien faire, il faudroit les noyer presque tous;
   Et la France, faute d'époux,
   N'en seroit pas moins peuplée.

Entrée d'un meunier et d'une meunière.

CHARLOT.

Palsangué, si j'avois fait bien,
Lorsque vous caressiez ma petite meunière,
J'aurois sur vous lâché mon chien.
Quoi ! me ravir Colette, à moi, de la manière !
Ça me déplait, ça ne vaut rien :
C'est morguenne empêcher le cours de la rivière :
Pargué, c'est être bien malin
De détourner l'eau d'un moulin.

Entrée de plusieurs meuniers et meunières.

MADEMOISELLE LOLOTTE.

Je ne suis qu'une meunière ;
Mais si l'amour
Vouloit un jour
Me ranger sous sa loi sévère,
Je me rirois de son dessein,
Et pour punir ce petit téméraire,
J'en ferois mon garde-moulin.

Entrée.

M. TOUVENEL

Tu croyois en aimant Colette,
Que tu n'aurois point de rival ;
Mais le moulin d'une coquette
Est toujours un moulin banal.

Entrée.

Monsieur Clitandre a bon génie,
En faisant même un mauvais pas;
Il prend meunière bien jolie,
Son moulin ne chômera pas.

MADEMOISELLE LOLOTTE.

Avoir deux amants en nature,
Cela se peut selon les lois;
C'est tirer d'un sac deux moutures,
Qu'avoir deux époux à la fois.

M. TOUVENEL.

Vous qu'amour à l'hymen destine,
Écoutez bien cette leçon :
Tel croit en avoir la farine,
Qui souvent n'en a que le son.

FIN DU MARI RETROUVÉ.

TABLE

DES PIÉCES

CONTENUES DANS CE VOLUME.

———

LES VENDANGES DE SURÈNE, comédie en
un acte, par Dancourt............ Pag. 1
LES VACANCIS, comédie en un acte, par le
même............................ 63
LES CURIEUX DE COMPIÈGNE, comédie en
un acte, par le même.............. 121
LE MARI RETROUVÉ, comédie en un acte,
par le même..................... 187

FIN DE LA TABLE DU TROISIÈME VOLUME.

www.ingramcontent.com/pod-product-compliance
Lightning Source LLC
Chambersburg PA
CBHW070518030726
47503CB00004B/1308